あっち側の彼女、こっち側の私

――性的虐待、非行、薬物、そして少年院をへて

結生、小坂綾子

朝日新聞出版

はじめに

小坂綾子

彼女が待ち合わせ場所に姿を見せたのは、インタビューの約束時間を10分以上過ぎてのことだった。

「スイマセーン、遅くなりましたー」

弁護士事務所の扉を勢いよく開け、くだけた挨拶《あいさつ》をして席に着く。その足取りは、軽やかだった。

新聞記者として、大人と子どもの境界にいる若者の葛藤《かっとう》を描きたくて紙面で企画した連載「18歳の風景」。8人に取材し、結生《ゆうき》はその中のひとりだった。生まれてまもなく実父から暴力を受けて乳児院に預けられ、児童養護施設を経て一時期実母と継父と暮らすも、再び暴力、そして性暴力を受けた少女。児童養護施設は、虐待や貧困などなんらかの事情で親と一緒にいられない子たちのための場所だ。ここで11歳から17歳まで暮らしたが、援助交際や薬物依存で女子少年院に送られ、1年弱を過ごしたという。出院後はシェルターで暮らし、社会的養護下の子たちが社会へ出るのを支える自立援助ホームに移り、現在はファッションの専門学校に通いながら自立を目指している。18歳。

それらの情報をもとに、個室の椅子にひとりで腰掛け、落ち着きなく彼女を待っていた。

プライベートでは接点のない環境で育った少女。繊細なものに触れる緊張感をもちながら、扉を見つめていた。

その空気を一気に吹き飛ばすかのように、彼女は颯爽《さっそう》と現れた。

小さくて細い体に、腰まである長い髪。身長はおそらく私と同じくらいで、150センチもない。北欧のデザイナー、リサ・ラーソンが描くイラストのパーカーにダボッとしたデニム姿。そして、学生らしい大きなバッグ。どこかあどけなさが残る一方、しゃれた眼鏡の奥に見える意志の強そうな瞳が印象的だった。

家族との暮らし、施設での生活、少年院で過ごした日々。おどおどすることも、涙することもなく、人懐っこい笑顔で淡々と語る。

口数が少なくコミュニケーションがあまり得意ではないか、あるいは尖った感じの少女……などと勝手に描いていた人物像とギャップがあり、驚いた。そして何より彼女の着ているパーカーが可愛くて、話を聞きながらじっと見入ってしまった。同じデザイナーが好きだということに心が躍った。

取材の中で結生は、印象的な言葉を口にした。

「中学校でいつも隣にいた友達は、『あっち側』の子」

「あっち側?」

施設で育っていないっていう意味です、と教えてくれた。そして最後に、こう言った。

「施設職員が暴力とか、施設が怖いところだとか、テレビドラマの影響で残酷なイメージがあるのか知らないけど、一括りにして見られてる感じがあるじゃないですか。施設育ちってことで、かわいそうな子とか決めつけてきたり、知らないのに間違った情報を流したりする人が多くて。だから、私のことをちゃんと『知りたい』と思ってくれてる人がいる、ってことが、うれしかったです」

熱いものがこみ上げる私の顔をのぞき込み、彼女はぷぷっと笑った。

「え、記者さんなのに、泣いたりするんですか?」

からかうような表情で首をかしげた。

「あっち側」


その言葉は、心の奥に引っかかって抜けなかった。

結生があっち側と感じる、その背景に何があるのか――。

教育熱心な家庭で親の愛情を受け、私立中学を受験してそのまま大学まで進学。結生のような施設で育った少年少女や罪を犯した子と親しくする機会もなく、敷かれたレールの上を優等生の顔をして歩いてきた私。

初めて会ったあの時は、私たちふたりの関係も、ある意味ではこの言葉に集約されるようなものだったのかもしれない。けれど、何かそれだけでは語れないような空気が、あの場には存在していたのも確かだった。


紙面に記事が掲載されて数日後、彼女から一通のメールが送られてきた。

「なんかまた話したい、って思いました」

もう、今回の仕事はすべて終わっているのに、彼女はどうしてそう書いたのか。真意を知りたいと思い、結生が暮らす自立援助ホーム「カルーナ」を訪れた。もう何も聞くことはないはずなのに、このまま関係を終えるという選択ができなかったのだ。

出迎えてくれた結生の表情は柔らかく、取材で見せた顔とはまた少し違って見えた。

「あやちゃん、来てくれたんやあ」

いつの間にか敬語ではなくなり、下の名前で呼ばれていた。

「え、今、ちゃんづけした？」

唐突《とうとつ》に壁を低くしてくる結生のアプローチに、うれしさと戸惑いが交錯した。もっと感覚を研ぎ澄ませて、彼女のそばに立ってみたいと思った。そうすることで、ふたりの重なり合う「部分」がいくつも見つかる予感がした。

取材者と取材対象者を超えた関係が始まった。

互いに忙しい私たちは、ＬＩＮＥのメッセージでやりとりを重ねた。うれしいこと。傷ついたこと。たわいない日常から、人生哲学まで。一連の対話は、それぞれが自分の原点に出合いに行く旅のようであり、人間探究のような作業でもあった。

その中で見えてきたものは、重い過去を今も引きずりながら、それでも前に進むことをやめない結生の姿だった。

四六時中もがき、器用に見えて、実はため息が出るほど不器用。光も闇も、自分の中のあらゆる感情をただあるがままに認め、否定しない。現実を直視し、すべてを受け止め、悶々《もんもん》としながらも全力で「自分」を生きようとしている。

そこには、挫折を乗り越えたわかりやすい強さはない。あるのは、「これが自分。本来の自分」という手触りを感じながら歩んでいる確信。そして、転んでも落ち込んでも過ちを犯しても必ず原点に立ち返る、という意志だ。

「みんな美談が好きやんな。かわいそうな人生、とかさ。それでも頑張って挫折を乗り越えてハッピーエンド、とかさ。そういうの求めてくる人がホンマ多いねんなぁ」

結生は、「なんでかなあ」と首をかしげる。

「でも、うち、一生スッキリすることなんてないと思ってる。スッキリしたら次のモヤモヤが来て、また考えて行動して、その繰り返し。そうやって生きてくのが人生ちゃう？」

結生はたびたび、「あやちゃんは、ホンマはどう生きたいの？」と問うてきた。

「大切にしたいもの、あるよな。わかってるはず。心の中では決まってるはず」

そんな結生のメッセージに背中を押されるように２０１７年春、私は新聞社を退社した。

「ほんまに辞めたんや、やったね！」

そういってカラカラと笑ってくれた彼女の「生」の物語を、誰かと共有したくなった。

私がインタビューを重ねて、結生の視点で、結生の言葉で、人が育つこと、生きることを綴る。私の発案に、結生は予想通り「おーそれいいね」と目をきらつかせた。

「きっとみんな何かしら、しんどいこととか悩んでることあると思う。一緒に考えませんか？　一緒に生きませんか？　自分の原点に出合いに行きませんか？　ってね。出会ったことのない人ともつながりを感じられそうでうれしい」

結生の軌跡を一緒にたどる作業が、かくして始まった。

あっち側の彼女、こっち側の私

目次

本書の一部登場人物は仮名です

あっち側の彼女、こっち側の私

——性的虐待、非行、薬物、そして少年院をへて

写真　濱本奏
イラスト　結生
装丁　米山菜津子

18歳の風景

2015年春、18歳

何度か通った弁護士事務所の奥の一室。テーブルを挟んだ向こうから、ひとりの女の人がわたしに問いかけてくる。

「18歳の自分から見える社会って、どんな感じですか」

難しい質問だ。頭をフル回転させ、18歳になってからのこの1年間の出来事を振り返る。そして、遠く幼少期へと記憶をたどりながら、傷ついた時の体の感覚、社会に対してずっと抱いていた気持ちを思い起こす。

新聞記者、だという。親から暴力を受けて児童養護施設で育った自分とは違う世界に生きている人。〝あっち側〟の人だ。

何日か前、お世話になっている弁護士さんから、取材したいと言ってきた人がいると知らされて、興味が湧いた。

「うちの話を聞きたいと思ってくれる人？　その人の話、聞いてみたい！」

記者だというから、きっとかしこまった感じのおじさんが来ると思っていたら、ちっちゃい体で生活感のある女の人で、なんだか力が抜けた。

娘ふたりを育てるお母さんでもあるというその人は、身を乗り出して話を聞き、ウンウンと頷いたり、時にへぇと驚いたり。そして、生い立ちの振り返りが進んでいくと、目に涙を浮かべる。よく笑い、泣いて、感情豊かな人。友達のお母さんみたいな気軽さで、全然しっかりしてなくて落ち着きがなくて、「大丈夫ですか」とこっちが心配になるくらい。ふたりきりで話しているけれど、緊張感もなく、リラックスしてしまう。

この人、本当に記者？

イメージとギャップがありすぎて妙な親近感が湧き、こみ上げてくる笑いを懸命にこらえた。

18歳から見える社会を描く、というテーマで取材をしているという。

「ちょうど今月で19歳になるから、ドンピシャですね」

そう言いながらわたしは、ずっとこんなふうに人生を振り返ってみたかったことを思い出していた。ひとりではなかなか続けることができなかったけれど、今、目の前に、自分に関心をもって聞いてくれる人がいる。

18歳の誕生日は、少年院の中だった。ちょうど1年前のことだ。300人を超える男性との援助交際、窃盗《せっとう》、違法薬物……。何度も補導されて、そのあとに連れて行かれた場所。一緒に遊んでいたグループのやんちゃな仲間が入っていたし、すれすれのことをやりながら「そろそろお前も少年院行きちゃうか」とお互いに茶化し合った。少年院という存在は頭の片隅にあったけれど、実際に連れて行かれるとなると心の中は複雑だった。

少なくとも、自分の人生を変えてくれるような場所だとは思っていなかった。けれど、予想をはるかに超えてきた。これまでに通った学校のように、何かを教え込まれるわけでもない。すべての感情があふれ出て、それを受け止めてくれるわけでも否定されるわけでもない。良くも悪くも、生きていることを実感できた場所。

初めての、「教えてくれない学校」だったんだ。

塀の中の〝大事件〟

2013年7月。17歳の夏の、青空が広がる爽やかな日だった。

少年鑑別所から、テレビの撮影班が乗るようなシルバーのワゴン車に職員と一緒に乗り込んだわたしは、じっと窓の外を眺めていた。車が走り出すと、大好きだった鴨川沿いの風景が車窓に流れてきて、やがて途切れていく。住み慣れた京都を離れて別の場所に行くんだなと、実感が湧いた。

手首には手錠がかかっている。少年鑑別所でカチャン、という音とともにかけられた手錠。ごっこ遊びのように思えて、その瞬間、おかしな感覚に包まれたんだよな、と笑いがこみ上げてきた。

車で走ること1時間ほど。小高い丘の上の施設に、車は到着した。少年院に到着したのだ。未知の世界。わたしは、これから始まる生活に少しわくわくしていた。

車を降りると、色あせた上下青の制服を着た大人たちが出迎えてくれた。少年院の先生だろう。手錠をされて少年院へ——なんて、ドラマで見ているようなことが今の自分の身に起こっていることも、なんだか面白かった。

身体検査を受けて院内を案内され、通されたのは、畳ベッドと机が置いてある白い壁の簡素な小部屋。最初は集団生活ではなく、この部屋で24時間、ひとりで過ごすことになるということだった。案内してくれた先生から「今から担当の先生が来るからね」と告げられて、ベッドの上に正座をして待っていた。

しばらくして、コツコツとノックの音がした。ひと呼吸おき、玄関にいた大人と同じ青い制服を着た女の人が入ってきた。

「初めまして。担当の福田です。これからよろしくね」

短めのボブヘアに、ふっくらとした白い肌。大きな目。血色のいい唇。少し微笑みながらもかしこまった態度で、じっと目を見て話してきて、なんだかこちらの気持ちを見透かされている気がして怖くなる。性格がひねくれているせいもあるかもしれないけれど、気持ちが動かされることはなかった。

「どうせロボットみたいに、マニュアル通りに動くくせに」

冷めきっている自分がいた。

集団のカリキュラムが始まるまでの約1カ月間、入浴以外は小部屋を出ることなく、ひとりで過ごしていた。部屋にいる時はずっとジャージを着て、流れてくる放送に合わせてベッドの上で腹筋や腕立て伏せ、背筋などの運動をする。そして、運ばれてくるご飯を部屋の中で食べていた。

時々福田先生が来て、話をする。自由時間に回ってくる新聞を読み、毎日内省の時間がある。小部屋の中にはトイレもあって、生活のほぼすべてがそこで完結する、ある意味すごい空間だった。

ひとりで過ごす期間が終わると、複数人が一緒に寝る部屋に移動し、集団のカリキュラムが始まる。みんなでひとところに集まって、それぞれに必要な勉強をして、ご飯を食べて、掃除をする。体育や水泳の時間もある。集団で生活しているけれど、私語は禁止。必要最低限の会話しかできない。人としゃべるのが好きなわたしにとっては少し苦痛だった。

なんとなく福田先生との会話が心に引っかかるようになってきたのは、このころだ。福田先生との面談があると決まっている日は、みんなで勉強している時に個別に名前を呼ばれて別の部屋に移動する。そこで先生と1対1でいろいろなことを話す。

真面目で、信念がしっかりあって、ブレない福田先生。それは裏を返せば遊びがない人ということで、つまらない。けれど、普段は私語が禁止されている生活だから、人とじっくり話せるのはうれしい時間だった。

「自分のやったことについて、どう思ってるの?」

「悪いとは思っていません」

「法律で決まっているよね」

「うーん、法律で決まってるので守ってくださいって言われても、その法律がおかしかったら、おかしいですよね。法律がわたしの考えとは違うので、納得できません」

法律を破ったから悪い、なんて言われるのが、一番理解に苦しむ。面談のあと、自分の部屋に戻ってからもずっと考えるようになった。

福田先生の問いが、頭から離れない。

「どうして、『ダメ』なんだろ」

開き直っているわけではない。本当に、わからないのだ。法律を破るな、という「理屈」はわかる。一般的に「ダメ」とされていることがどういう行為か、それはわかる。大人が喜びそうな考え方や答えを言うのは簡単だけど、それは「なぜダメか」という問いに対する本当の答えではない。

どうしてダメなのか——。

わからないのに考えすぎて疲れてきて、おまけに、禁断症状で薬物をやりたい衝動にも駆られてくる。

「もうなんでもいいから早く出よう」

ただ、それだけを考えた。

形だけ上手にやっておく。出たらまたすぐ薬物をやればいい。罪と真剣に向き合うつもりなんて、さらさらない。兎《と》にも角《かく》にも、お利口さんにふるまって、早くここを出るだけだ。そのあたりは器用だから、うまくやれる自信があった。


ほどなくして、わたしの人生を一変させるある大事件が起こった。

その日。掃除の時間中、わたしはいつものように福田先生に呼ばれて別部屋に向かった。畳の床に敷かれた座布団の上に正座して、向かい合う。

「どうして、あなたは薬物をやるような生き方を選んだんだろうね?」

先生が、一緒に考えるような口調で問いかけてきた。

「え、どうして、って」

それは、初めての質問だった。

気持ちいいから。快感。すべてを忘れられる。あの時、家族と一緒に過ごし、そして離れることになった3年の間に感じた恐怖感、悲しさ、悔しさ、そのすべて。

心の奥底にしまって蓋《ふた》をしてきたあらゆる負の感情が入り交じり、自分の人生をめちゃくちゃにした3年間の記憶が蘇《よみがえ》ってくる。家族と暮らしていた時の、深く傷ついたあの過去があったせいで、自分がこんなふうになってしまった。

あの過去が――。

家族ってなんだ？

2004年春、8歳

お母さんだという人が目の前に現れたのは、日差しの強い春の日だった。

わたしが暮らしていた児童養護施設に迎えに来て、その人は、声をかけてきた。

「行くよー」

一緒に生活できるようになったから、お世話になった施設の先生や友達とはお別れしてお母さんの家で住むことになるらしい、ということだった。

生まれてからずっと、「家族」という概念が頭になく、正直よくわからなかった。生まれて間もないころに乳児院に預けられ、その後、児童養護施設で子どもたちや先生と寝食をともにしてきたし、家族と離れている暮らしがわたしにとっての「当たり前」。みんなのための大きな家、という感じの暮らしが嫌いではなかった。

お母さんだという人は、ピアノの発表会を見に来てくれて、そういえば一度「家」に外泊をしたこともあって、なんとなくは知っていた。1週間くらい前に、「お母さんのところに行く?」と施設の先生にたずねられて「うん」と答えたのは確かだ。けれどそれが、今まで暮らしていた環境から引き離されることだという理解はしていなかった。

「お母さんのところに行く」というのは、つまりそういうことだったんだとようやく気づいたけれど、もう遅い。「行かない」という選択肢はなくなっていた。

戸惑いつつも、連れられるがまま「お母さん」という名のよくわからない人の車に乗り込み、長い時間助手席で揺られた。「あなたは誰ですか?」と思いながら。

どうして施設を出て行かないとダメだったんだろう。別に出たくないのに。一緒に生活できるようになった、って、どういう意味なのか……。頭の中はぐるぐるしたまま、古いアパートに着いた。そこは、お母さんが暮らしている家だった。

お母さんとふたりで一緒にスーパーに買い物に行き、プリンの素を買ってきて、マグカップに固めた。

「これ、明日食べようねー」

お母さんの言葉に、「明日」が来るのがちょっとだけ楽しみになった。

夜寝る時になっても照れくさくてギクシャクしていたけれど、お母さんはその空気を打ち破るようにいたずらっぽい表情を見せ、脇をくすぐってくる。やり返して笑い合っているうち、気がつけば眠りに落ちていた。

次の日に一緒に食べた手作りプリンは、食べたことのない味だった。いつも食べていたものとは違って、牛乳の濃い味がしておいしかった。

お父さんだという人と初めて会ったのは、その数日後。家族3人で暮らすために京都の一戸建てに引っ越した日のことだ。

引っ越しの荷物が入った段ボールの山に囲まれて、わたしとお母さんは玄関を眺めながら、その人を待っていた。

「もうすぐお父さん来るからね」

「へえ、どんな人?」

「くまのプーさんみたいな人だよ」

インターホンが鳴ってガラガラと扉が開き、お父さんだという男の人が入ってきた。優しそうで、包み込んでくれるような雰囲気があって、ホントだ、ホントにプーさんみたいだ、とわたしは笑った。

「自分が悪い」と思っていた

毎日のお手伝いは楽しかった。お母さんと一緒に白玉団子を作ったり、晩ご飯のおかずの作り方を教えてもらったり。好奇心のままに、洗濯し、お皿を洗い、自分からすすんで取り組んだ。

お母さんは料理が上手で、器用で裁縫も得意で、気遣いもできて、ホームヘルパーの仕事もバリバリやっていて、なんでもできる人。そのお母さんから「お手伝いが上手にできるね」と褒められるとうれしくて、よけいに張り切って頑張った。

お父さんとお母さんと3人でご飯の準備をして食卓を囲むと、「家族ってこういう感じなんだ」と喜びがこみ上げた。

家にいると緊張感をもつようになってきたのは、お母さんと一緒に家事をやることがなくなり、家事全般についてお母さんから「お前の仕事やろ」と言われるようになったころからだ。

お父さんはいくつかの店舗を展開する会社の経営者。仕事に行く時間は不規則。お母さんはヘルパーで、毎日夜の8時、9時まで仕事をする働き者。仕事を頑張っていて忙しいお母さんは、わたしが家のことをちゃんとやらないと困ってしまうとわかっていたけれど、学校の友達と遊んでしまうことがあった。お母さんから頼まれた家事を終わらせることができなくなるのに、誘惑に負けてしまう。

「なんで終わってへんの？　家事やりたい、って自分が言ったたんやん」

家事が間に合わないと、たちまちお母さんの機嫌が悪くなる。最初は口で怒られるだけだったけれど、やがて胸ぐらをつかまれるようになり、暴力は、少しずつエスカレートした。灰皿やお皿が飛んできて粉々に割れて破片が飛び散る。みぞおちを蹴られ、髪を引きずられ、「立て」と言われて立つとビンタをくらった。

耳の鼓膜が破れた時には、移植手術をした。叩《たた》かれた瞬間、「パン」という音がして、耳がおかしくなった。それなのに、病院では、耳かきで挿しすぎたとお母さんは先生に嘘をついた。

夜、家から閉め出されて入れてもらえないことは珍しくない。我慢できなくておしっこをもらした日は、「何もらしてんねん」とよけいに怒られた。

遊んでしまった日の夜は、お母さんが帰ってくる原付バイクの音が聞こえると、怖くて体が震えた。

――どうして、お母さんは暴力を振るうんだろう。

理由はわからないけれど、「自分が悪い」と思っていた。お母さんが怒るのは自分のせい。家事を終わらせられない自分が悪いのだと。実際、お母さんもそう言った。

「産まなきゃよかった。あんたさえいなければ」

筋が通っていないことで怒られる。子どもなりにちょっと変だということは感じていたのに、とにかく謝った。

「ゴメンナサイ」

すると、その言葉にさらに詰問される。

「何に対してや?」

どう答えればいいかわからない。涙を流すと、さらにお母さんの怒りが爆発する。

「それはなんの涙や!」

――理不尽すぎる。

心のどこかでそう思っているのに、やっぱり自分が悪い気もして、ある意味それを受け入れていた。

毎日ビクビクしていたけれど、一つ、自分の身を守るための魔法の言葉があった。

「お母さん、一緒にお風呂入ろ」

そう言って甘えると、お母さんの機嫌がたちまちよくなるのだ。本当に一緒に入りたい気持ちが半分、そして、とにかく自分を守りたい気持ちが半分。〝作戦〟が成功して仲良く一緒にお風呂に入れた時は、うれしさと安堵《あんど》の気持ちが入り交じってじわじわと広がった。


お父さんは、格闘家の武蔵に似ていて、初めて靴を見た時にその大きさに驚いた。車が好きで、テトリスゲームがめちゃくちゃ強い。土日になると、お母さんと一緒にお父さんの会社に遊びに行った。

お母さんはお父さんを慕ってて、私も嫌いではなくて。どっちかというと、お母さんより優しいから好きだった。

小銭を残すのが好きじゃないお父さんは、よく余った小銭を「おこづかい」としてわたしにくれた。それがうれしくて、コツコツ貯金した。

お母さんは暴力を振るうけれど、お父さんは決してわたしを怒ったり殴ったりしない。お母さんのことをお父さんに知ってもらって、助けてほしい気持ちもあったけれど、助けを求めればきっと、お母さんがお父さんから怒られて、お母さんの怒りが「チクッた」自分に向いてくる。その方が怖かった。

我慢できなくて少しだけ、「お母さん、叩くから怖い」と打ち明けた時には、「それはあかんなー」と慰めてくれたけれど、あまり真剣に聞かずに流されているような感じもあった。


「おいで」

ベッドの中から優しい声で呼ばれるのは、お父さんの仕事がない日の朝や、仕事に行くのが遅い日の朝。ベランダで洗濯物を干している時だった。

手を止めて、呼ばれるがままベッドに潜り込むと、抱き締められ、服の中にお父さんの手が入ってくる。「あったかいね」とささやかれると、「そうだね」なんて答えていた。

家族を知らない自分にとっては、お互いに体を触り合うよう促されることは父娘の当たり前のコミュニケーションで、ごく普通の、子どもと父親との関係性だと思っていた。

「お父さんと動物園に行ったよ」と友達が言うと、「お父さんに触られて、お父さんのも触ったよ」と友達に喜んで話したし、「お父さんと子ども作ろうか」という問いかけには、「うん、作る」と無邪気に答えていた。ホットケーキを作るのと同じ感覚だった。

「こういうことするのは、結生が大事やからやで」という言葉を信じていた。

お父さんは、「ひとりエッチって知ってるか?」と言って、自慰《じい》のやり方をわたしに手ほどきした。

最初に教わったのはわたしが小学2年生の時、一緒に暮らし始めてわりとすぐのころだ。お父さんから教わった通りにできるようになりたくて、両親がいない時には、リビングにあるアダルトビデオをこっそり見て練習した。

自分の部屋にいる時は、お父さんの裸の絵を描いて、お父さんとの行為を想像しながら試していた。映像じゃないリアルな〝性〟の対象はお父さんしか知らなかったから、それしか方法が浮かばなかった。

お父さんから教わった下半身の力の抜き方のアドバイスを思い出して必死に練習していて、加減がわからずに力みすぎて足がつることもあった。

ムラムラするから自慰をする、とか、そういうものではなく、お父さんの言う「気持ちよくなる」という感覚がどういうものか知りたかったし、早く上手にできるようになればお父さんから認められると思っていた。

一種の現実逃避でもあった。その練習に没頭することで、「お母さんからの暴力」という現実を忘れられた。そして、いつも現実に引き戻されるのは、お母さんが家に帰ってきた時の原付バイクの音と、鍵が開けられる音だった。

お父さんと一緒にお風呂に入ると、体を触り合うのがお約束。お母さんが近づいてきて、お風呂の窓を開けて「まだ出えへんの?」「ご飯やで」と声をかけてくる時、お父さんが焦ってバタバタとわたしから離れるのが面白かった。「あ、お母さん来た!」「ばれへんかったな、セーフ」なんていうやりとりは、お父さんとの秘密ごとを楽しむ遊びのように思っていた。

お母さんには内緒、というところから、少しずつ「何かいけないこと」という感覚になり、その気持ちが強くなっていったのは、5年生になったころ。お父さんが下半身裸で部屋に入ってきて、身体を合わせようと試みられ、行為は激しくなっていった。

行為自体が嫌なわけじゃないけれど、疑問に思ったのは、「今日はちょっと気分が乗らない」と断っても、お父さんはやめてくれる気配がないことだった。わたしの気持ちを無視され、尊重されていないように感じられる日が増えていった。

──どうしてやめてくれないのかな。なんか違う。

拒んでみるけれど、力が強くて拒めない。「嫌だな」という気持ちになる日もあったけれど、「逃げる」という選択肢は、あのころの自分にはなかった。

多分、何をされても、それが家族なのだと思っていた。

お母さんは、わたしとお父さんのことを、おそらく気づいていた。お父さんの裸のイラストを見ながら練習してそのまま寝入ってしまった時は、お母さんから「あんたパンツに手突っ込んで何してたん？」と嫌悪するように言われた。その時は、お父さんとのことがばれたのかもしれないと思い、ドキドキした。

お父さんと性的な行為をしている時に、お母さんがこっそりのぞいているのに気づいたこともある。けれど、お母さんもわたしも、お互いにその話をすることはなかった。

たった3年の家族生活

自分の中のＳＯＳに気づいたのは、５年生の９月。林間学校で２泊した翌日のことだった。小学校の運動場でみんなと別れたあと、家に帰るための一歩がどうしても出ない。毎日の繰り返しのサイクルから離れた楽しい宿泊合宿から、現実に引き戻される。その事実にわたしは、耐えることができなかった。

みんなが帰ってしまって、誰もいない校舎の前。ポツンと立っているわたしを見つけてくれたのは、所属していた陸上クラブの男性の先生だった。

「何？　こんなところでひとりでいるの？　どうしたの？」

ぎょっとした様子の先生。

「家に帰りたくない。お母さん怖くて」

ポツリポツリと、これまで大人に話したことのなかった親の話をした。

お母さんのことを話したついでに、お父さんとの性行為の話をすると、「ちょっと待ってね」と告げて、女性の先生を呼びに行った。

「しんどかったね、よく我慢したね」

女性の先生は、神妙な面持ちだった。

お父さんからされていたことは、行為自体がダメなことで、「性的虐待」というものだと知った。校舎の中は、にわかに騒々しくなっていた。

先生たちと一緒に車に乗って連れられて行った先は、児童相談所の中の一時保護所。

行き場のない子たちが、たくさん集まっていた。

一時保護で家に帰れないと知って、わたしには一つ、気がかりなことがあった。それは、自分の部屋に隠してきたお父さんの裸のイラストだった。

わたしがいなくなって、お母さんがわたしの部屋を片付けるはず。そうしたら、あのイラストが出てくるだろう。お母さんの虐待とお父さんの性的虐待で保護されているはずなのに、同意の上で、しかも自分から求めていると思われるかもしれない――。自分が嘘をついていることになると考えると、怖かった。

そんなことを思いながらも、両親からされたことを説明すると、「お父さんとお母さんにも話を聞いてみるね」とケースワーカーの女性は言ってくれた。けれど、両親の反応は思いがけないものだった。

「お父さんとお母さんね、『そのようなことをした覚えはございません』って」

「え?」

ケースワーカーさんの報告に、わたしは言葉を失った。

「覚えが、ない?」

家族で過ごした、自分が信じていたあの3人の時間を、ふたりは否定したのだ。

――わたしのことよりも、自分たちのことを守った。

自分たちふたりの生活、そしてお父さんは、自分の会社や従業員を守ったのだと理解した。わたしの存在とは一体なんだったのか。考えてもわからなかった。わたしのことを大切に思うなら、そこは認めてほしかった。

娘の心身を傷つけていたお母さんには、もしかしたら後ろめたさがあったのかもしれないと、理解できた。けれど、お父さんとの関係は違うはずだった。「大事やからするんやで」と言ってくれたのに。

世間的にはダメとされる行為かもしれないけれど、わたしとお父さんの関係は、そういう世間的なものさしでははかれないものだと信じていた。法律では語れない何かがあると思っていた。愛、と呼べるものかどうかはわからないけれど、少なくとも自分の中では日常であり、ほんの数日前まで当たり前に重ねてきた行為だった。

——あの言葉は嘘だったんだ。

騙《だま》されていたと知り、わたしは激しく動揺した。

ケースワーカーさんから、「児童養護施設に行く？　それとも、家に帰る？」と選択を迫られたけれど、施設に行くしか道がないことはわかっていた。

3人の日常を否定され、家の中に自分の居場所はない。

家に帰ることを考えると孤独で、怖かった。帰りたくない、と思った。でも、だからって、「安全に施設で生活できることになってよかったね」とか言われたけれど、そんな単純なものでもなかった。

施設に入ったわたしは、「覚えがない」という両親の言葉を思い出しては、毎日泣いた。家族への理想像、家族を信じたい気持ちは、なかなか消せなかった。

「もしかしたら、また関係がよくなるかも」

「あれはお母さんの本音じゃなかったのかも」

お母さんに対するいろんな思いが頭を巡り、お父さんを思うと、悲しさと怒りが湧いた。

たった3年の家族生活。せっかく引き取られたのに、せっかく家族と暮らせたのに、こんなにも早く終わってしまったことが残念だった。

「引き取らなきゃよかったのに。勝手に迎えに来て、勝手に暴力して」

こんなに悲しいのは、お母さんのせいだと思えた。お母さんを責める気持ちが、何度も湧いては消えた。

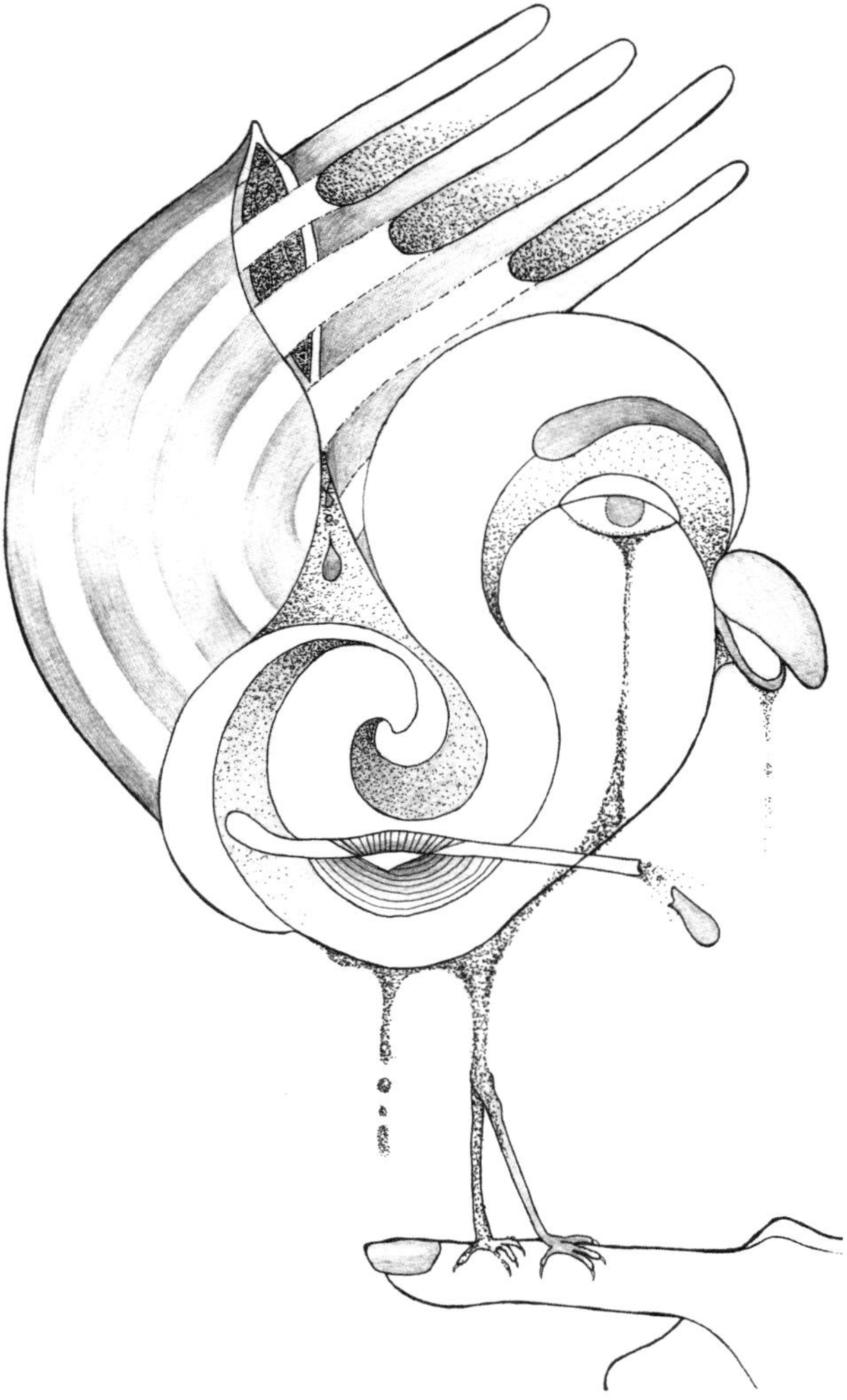

非行という名の自己表現

2009年春、13歳

何かがはじけたように、わたしの非行が始まった。きっかけは、中学校のある先生の一言だった。

「くーぴー」こと、池山久美子先生。担任ではなかったけれど時々話すことがあって、「男前」な性格で、サバサバしていてわりと好きだった先生だ。

出来心で、当時付き合っていた人から「授業を抜け出そう」と誘われて初めて授業をエスケープした。たったそれだけのことだった。

校舎の廊下の壁にもたれてダベっているわたしを見つけた瞬間、くーぴーの表情が歪み、みるみる、わたしを軽蔑するように変わっていくのがわかった。ちょっとした行動を切り取って人を見るようなことをしないと信じていたのに。

くーぴー、どうして——。

悲しみや怒り、悔しさ、さまざまな感情が押し寄せた。

中学校や児童養護施設での生活は、何もかもがうまくいかなかった。体育会系の部活にも入っていたけれど、部員たちのノリが性に合わず退部。一般的な家庭で育ったクラスの子たちと話していても、どことなく自分と他人との差を感じてしまうのが辛かった。差を感じてしんどくなるくらいなら、ひとりでいる方が楽だった。

人と自分をつい比べてしまう。そんな自分が嫌で、自分と周囲の人たちは同じ人間だと思わないようにした。「別の生き物だ」と思えば、違っても当たり前。けれど、同じ学校という枠の中で過ごし、同じように授業を受けていると、そんな考え方にはすぐに限界がくる。嫌でも「同じ」であることを認めざるをえず、モヤモヤが募った。

どうして自分は施設にいるのか、どうして家族と生活できてないのか。

同級生たちは、「施設っていいじゃん。親と離れて友達と一緒で」などと軽いノリで言う。施設への嫌悪感が募るばかりだった。

そんな中での、一度だけのエスケープ。わたしにとっては、全然大した出来事ではなかった。

「お前がそんな奴とは思わんかった」

一方的に吐き捨てるように発せられたくーぴーの言葉は、刃となって胸に突き刺さった。

「お前何してんねん？」

何してるって聞かれても、ちょうどいい言葉が見つからない。

「えっと、休憩してる」

「休憩してるとちゃうやろ、授業中やろ」

激しい口調で返ってくる。質問調ではあるのに、答えに耳を傾けようとか、話を聞こうとか、そんなふうに思ってくれているように見えない。気持ちも、事情も、何もたずねてくれることはない。

それまで優等生だったから、授業を真面目に受ける生徒であり続けることを期待されていたのかもしれない。そりゃわたしだって、授業を抜け出すのは一般的によくないとされていることだとわかっている、だけど——。

「そんな奴」って何？

「そんな奴」って、どんな奴？

その言葉にどうしてそこまで自分が引っかかったのか、理由はよくわからないけれど、「わたし」という人間を深く知ろうとせず、決めつけられている気がした。

サボッて遊んでいたら、それだけで軽蔑されるということに怒りが湧き、心の中で叫んだ。

「わたしのこと、よく知らないくせに」

自分の中の何かが、外れた。


優等生だった人間が道をそれるきっかけなんて、些細なことだ。人を信用できなくなる何かがあれば、簡単なことなのだ。

「勉強できて遊ぶなら、文句は言われないよね」

悔しくて、大人から何も言われたくなくて、猛勉強した。

中学を卒業するまでの3年間、トップクラスの成績を保ちながら、授業に出ずにフラフラして、援助交際や窃盗を繰り返し、大人が顔をしかめるような振る舞いをした。

自分のことを深く理解しようとしてくれない同級生と仲良くするのはやめた。話も合わないし、説明してもどうせわかってくれないという諦めがあった。

学校でやんちゃしている上級生たちは違った。家庭環境が複雑な人が多くて、わたしのことをとても可愛がってくれた。彼らや、他校の不良グループのメンバーの前なら自然体でいられ、心を許せる気がした。

最初の窃盗は、置き引きと自転車泥棒。プリクラを撮っている人たちのカバンを盗み、財布からお金だけを抜き取ってゴミ箱に捨てた。自転車の鍵を開ける方法を仲間から教えてもらった時には、その手際のよさに「すごい」と感動した。罪悪感など欠片《かけら》もない。夜中に施設を抜け出して公園にたむろし、万引きや無銭飲食を繰り返した。

初めて援助交際をしたのは、中学1年生のクリスマス。当時付き合っていた2歳上の彼氏が重たくて、クリスマスイブを一緒に過ごすのが嫌で約束をすっぽかし、50歳の男性とホテルで過ごした。そのまま一緒に泊まって、次の日にはクリスマスプレゼントにキティちゃんのグッズを買ってもらった。

同じ施設の子だったり、施設の子の知り合いだったり、何人かの男子と付き合ったけれど、「好き」という感覚はつかめなかった。「結婚しよう」などと言われると重たいし、うっとうしい。「彼氏」という存在についても、なんだかよくわからなかった。

中学時代の3年間で援助交際した相手は、200人以上。目的はお金かというとそうでもない。施設に縛られるのが嫌で、とにかく施設ではないところで寝泊まりしたかった。「援助交際だったら泊めてあげる」という男性はたくさんいて、家出する手段として使っていた。

中年の男性との性的な行為は、お父さんとするような感覚で自分にとっては日常だし、なんてことはない。施設を出られるならどこでもよかった。

非行をしながらも、本当は自分のことをわかってほしい、理解してほしい、とずっと思っていた。けれど、うまく感情を出せなかった。非行は、自分にとって精いっぱいの自己表現だったのかもしれない。

お母さんからの告白メール

非行がエスカレートするにつれ、家族のことを思う時間が増え、お父さんやお母さんの暮らしを想像するとイライラした。

自分の生活はこんなにグチャグチャで、入りたくもない施設に入れられて人生台無しになっている。それなのに、きっとふたりは、のうのうと幸せに暮らしている。

会社を経営しているお父さんは、どこか人を惹きつけるような魅力のある人だから、相変わらず部下から慕われて、社会的な地位を守りながら充実した毎日を送っているのだろう。まるで何事もなかったかのように。

「お父さんに復讐《ふくしゅう》したい。人生をめちゃくちゃにしてやりたい」

お父さんの裏の顔をバラしてやりたい気持ちが募り、お父さんに関する情報を集めて、会社に火でもつけてやろうと本気で思っていた。

お母さんに対しては、久しぶりに話したい気持ちと、「自分がこうしてフラフラしているのはお前のせいだ」と言いたい気持ちもあった。

そんなこんなで、施設に入って初めて、お母さんと連絡を取ろうと思いたった。

携帯電話を持っていないわたしは、施設にあるパソコンを開いてお母さんのブログページからメッセージを送った。

「結生やで。元気にしてる?」

お母さんは、ご機嫌な返事をくれて、最初は、仲良し母娘のようなやりとりができた。

じんわりうれしい気持ちになったけれど、お父さんの話になると、なぜか歯切れが悪くなる。あまり詳しく教えてくれないことにしびれを切らしてせっつくと、お母さんはわたしに驚く内容のメールを送ってきた。

結生の本当のお父さんはね、別の人。

（中略）

でもね、暴力がすごくて結生が産まれてすぐの時にベランダから落とそうとしたり、お風呂に沈めて殺そうとしたから、結生と母さんは、おじいちゃん（お母さんのお父さんね）の所に逃げたんよ。毎朝結生を一時預かりの保育所に預けて仕事いってたんやけど、数カ月もしないうちに実父に見つかってお母さん仕事行ってる間に結生連れていかれて……取り戻すために実父の家に行ったら、結生……殴られた後やってね。お母さんが殴られるならいいけど、結生が殴られるのだけはゆるせなくて、何日か監禁状態で、実父がいなくなった隙を見て逃げ出した。また保育所に入れて仕事行くのは危険すぎるから施設に入れて保護してもらった。

（中略）

いずれ結生が中学に入り高校に進学する時には事実を伝えようと思っていました。

（中略）

今のお父さんとは、この先離婚はしません。お母さんも生活するためには、お父さんがいなくては、ご飯を食べることもできないから。

お父さんだと思っていた「アイツ」とは、血がつながっていなかった――。

納得したような、ホッとしたような、変な気持ちだった。

これまでも、「本当のお父さんじゃないのかな」と思うことはあった。家族で血液型の話をしている時に、お母さんがなんとなくぎこちなかったし、「実の娘に対してあんなことをするのかな」と、疑う気持ちにもなっていたのだ。

お母さんから「お父さんとお兄ちゃんがいる」という事実を聞いて、「復讐したい」という気持ちよりも何よりも血のつながった家族のことが気になって、そわそわした。

お母さんとは、これをきっかけに頻繁に連絡を取り、施設の人に内緒で会って一緒にプリクラを撮ったり、親子っぽいことを楽しんだりした。お母さんに対する気持ちは、愛憎入り交じった複雑なもので、憎いけれど、恋しかった。

「お母さんと仲良しな自分」に浸ることで、必死に心のバランスを保っていたのだ。

真面目になりたい

「本当は頑張りたいのかもしれない」

そんな気持ちが強くなってきたのは、進路や高校受験を意識し始めた中学3年生の春。将来の仕事についてみんなが話しているのを聞き、なんとなく将来のことを考え始めていた。

わたしが夢見ていた職業は、AV女優。自分を表現しながら男の人たちを幸せにできる素晴らしい仕事。一方で、将来的には日本ではないどこかへ行きたくて、看護師の資格を取って発展途上国で青年海外協力隊として働けないか――なんてことを考えてもいた。

発展途上国や紛争地ではいろいろなリスクがある。失うものがない自分ならば、たとえ事件や事故などの危険に巻き込まれたとしても誰も悲しむ人はいないのだから、自分のような人間に最適だ、などと思っていた。

まったく違った仕事に見えるけれど、自分の中で何らギャップはない。どっちも、「もっている力を生かして人の役に立ちたい」という思いを満たしてくれる。

協力隊について調べるうち、「勉強や学校生活をもっと頑張りたい」気持ちがむくむくと湧いてきた。けれど、これだけ悪いことをしまくってきたのに、突然、パンツが見えるような短いスカートを校則通りに長くしたり、制服のボタンをきっちり留めたりして「真面目ちゃん」になるのは恥ずかしすぎる。

どうにか自然に真面目に戻れるようなきっかけはないかと考えるうち、いい方法を思いついた。

「生徒会役員、やります」

わたしは宣言した。

これなら真面目にならざるをえないし、生徒会活動やるからちゃんとしようと思ったので、とか言える。自分を変えるための最適な方法だ。

本気で「頑張りたい」と思って、真面目に頑張れるきっかけを一生懸命考えて勇気を振り絞って宣言したというのに、学校の先生たちの反応はというと、ひどいものだった。

みんな、わたしの決意を笑い飛ばし、冷やかした。

「お前、大丈夫か」

「お前なんかにできるわけがない」

確かに、札付きの不良が突然生徒会とか、意味がわからないと言われてもしようがないのかもしれない。自分の複雑な心の内を周りの人にうまく説明できるでもなく、理解してもらうことはなかなか難しかった。

そんな中でひとりだけ、応援してくれる人がいた。それは、1年生の時にわたしが非行に走るきっかけを作ったくーぴーだ。

あの時は傷ついた。けれど、思いがけず2年生と3年生のクラスの担任になり、少しずつ信頼関係ができていった。そして結果的には、2年間、わたしのことを見守り、力になってくれていた。

「結生ならできるよ」

その言葉に励まされ、わたしは、役員をやりきった。見事、作戦は成功。わたしは、グレキャラから真面目でしっかりした受験生へと変身をとげたのだ。

くーぴーは、深く付き合うと、熱い人だということがわかった。特定の生徒を排除することはなく、いつもフラットだった。悪いことばかりしてクラスに寄りつかず、輪から外れてしまいがちなわたしのことも、「お前もクラスの一員だから」と言ってみんなと同じように大切にしてくれた。

どんな時も、わたしの力を信じてくれて、中学時代のわたしにとって、大きな存在だった。

ある日には、突然大きいサルのぬいぐるみを抱えて、児童養護施設まで来てくれた。添えられた手紙に、じんときた。

いろんなことあると思う。辛いこと、悔しいこと、悲しいこと、楽しいこと、うれしいこと。どれも結生にとって大切なことなんだよ。頑張れ。負けるなよ、自分に。人と比較すんな、ってこと。何かあった時、いつもそばにいてあげたいと本気で思ってるんや。

でもそんなことできるわけないしな。

でも時々夜に今頃何してんのかなーって考える時あるんやで。苦しい時、辛い時、どうしてるんかなって。会えない時はおさるのジョージに癒してもらって。私の代わりに結生のこと支えてくれると思います。

人生自分の思い通りにならへん。でも諦めんと、挫けんと、努力しよう。結果出えへんかもしれんけど、頑張ったらきっと強くなれる。結生が頑張ってるのは、私はよく知ってる。時々弱気やけど。あかん時は支えたる。励ましたる。

怒ることもある。でも何があっても結生のこと好きやから。安心して。マジ、めっちゃ好きやから。(照れるから直接はよう言わんわー)

くーぴーがくれたそのサルは、今も眠る時の抱き枕としてわたしのそばにいる。

「施設」から逃げたかった

突然真面目になったわたしは、3年生から塾に通い、特待生で私立高校に入学した。

けれど、学校生活はつまらなかった。

周りの生徒たちはいつも、まったく面白くない話題で笑っていた。

「なんでそんなことで笑えるん?」

気持ちは冷める一方で、違和感ばかりが募る。人と話をする時は深く考えないようにして、相手に合わせることを覚えた。

私立というせいもあってか、家庭がしっかりしていて、自分とは成育環境の違う子ばかり。どうやって、そんな「あっち側」の同級生と関わればいいのかも、よくわからない。

そのうちに、人に合わせることにも疲れ、結局、馴染めずに7カ月で中退した。

所属がなくなり、わたしは何者でもなくなった。

「施設出身というハンディもあるから、安定が大事だよ」

「ちゃんとした仕事に就かなくちゃ、将来生活できないよ。どうするの」

そんなふうに、施設の職員たちから安定、安定と言われると、虫酸《むしず》が走った。

「やってやるから見とけよ」

自分の中にむくむくと、とてつもないエネルギーが湧き上がってくるのがわかった。正のエネルギーではなく、負のエネルギーに近いものかもしれないけれど、とにかく全身に充満し、なんでもできるような気がしていた。

安定がすべてじゃないことを、体現したかった。安定していなくても、それでも生きていけると証明したかった。

偏見の対象とされてきた「施設」に縛られるのが嫌で、何度も家出した。施設と関係のない人間になりたかった。

夜抜け出して、援助交際に明け暮れる日々に戻っていた。万引きし、補導され、やがて施設に連れ戻される。そして久しぶりに帰ると、職員に泣きつかれる。

「心配したんやで」

「心配って何？　心配って言うんやったら、結生のために死ねるんか。口だけ言って。家族や自分の子とは違うんやろ、自分の子どもが大事なくせに！」

「心配」なんて言葉を使われる方が傷ついた。

――本気で心配してくれる人なんていないのに。

何を言われても、口先だけにしか聞こえなかった。

施設にいる時間には、ドアを壊したり、小さい子もいるのにでっかいボリュームで音楽を鳴らしたり、とにかく施設職員に反抗して大暴れした。

施設から何度も家出して、男たちの元に転がり込む。万引きで物を揃えて、援助交際でお金を作る。施設に頼らないことで、自分で生きていく術《すべ》を見いだしたと思っていた。福祉制度に頼らなくてもひとりで生きられると、自立したつもりになっていた。

そんな生活を送りながら、同時にわたしは体の発作と闘っていた。それは、家族と暮らしていた小学5年生のころから不定期に続いていて、原因がわからず、突然襲ってくるから厄介《やっかい》だった。

喉仏の左上のほうに違和感が出てチクチクし始める前兆があって、やがて息苦しくなると同時に吐き気がしてくる。吐いてしまわないように息を止めるけれど、それにも限界がある。息をするとまた吐き気がくる。徐々に治まってきても、また小刻みに吐き気がきて、左の目からボロボロと涙が出てくるのだ。

初めてそれがやってきたのは、小学校の教室で友達5、6人と楽しくカードゲームをしている時だった。突然の異変に、わたしはとっさにカードを置いて教室を出たけれど、しばらく症状は止まらず、ゲームの輪に戻れなかった。

中学生のころは、定期テストを受けている最中や部活の時間中に、そして、援助交際の相手との性行為の最中にも襲ってきた。

高校を退学してからも、施設の友達と街に出る時や、バイトに向かうバスの中でも、生活のあらゆる場面で、その発作はやってきた。頻度はバラバラ。多い時には一日に何度も、数分おきにくるし、こない時は何カ月もこない。一日中息がつまって泣き続けている時もあった。

人と話している時や、公共の場にいる時は本当にキツかった。

苦しくてひとりで泣いてる姿なんて、理由がどうであれ、人には見られたくない。症状を目の前の人にうまく伝えることもできなくて、普通にしゃべっている最中に急に涙目になって苦しくなり始めてトイレに駆け込んでしまい、周りの人を戸惑わせてしまうのだ。

お母さんのことが関係あるのかなとか、原因を探ろうと何度も試みたけれど、全く関係のない時にもやってきて、考えてもわからなかった。

何度も補導されて警察のお世話になり、2012年12月、16歳のわたしは「虞犯《ぐはん》」として初めて少年鑑別所に入った。

虞犯というのは、犯罪を犯す虞《おそれ》のある子、ということだ。特に反省する気持ちもなかったけれど、初めてだったこともあって少年院行きにはならず、ひとまず様子見ということで試験観察になった。

何をやっても続かない。そして、せっかく試験観察から保護観察処分になって少年院行きは免れたというのに、非行は止まらず、2013年2月、とうとう、援助交際で出会った男たちが持っている数々の違法薬物にも手を出してしまった。

薬物には以前から興味があった。

「やってみる?」

男がすすめてくる言葉に、興奮して胸が高鳴った。薬物をやれば、自分をめちゃくちゃにできる気がした。お母さんとのことも、アイツとのこともすべて忘れて、何もかも投げ捨ててハイになれる唯一の方法かもしれないと思えた。

「怖くないの?」

わたしが目をキラキラさせていることにちょっと驚かれたけれど、体がボロボロになるかもしれないとか、やめられなくなるとか、そんな考えは頭をかすりもしなかった。

とにかく、自分が置かれている理不尽な環境や、どこにももっていきようのない怒りと苦しみから逃れたかった。逃れられるのなら、自分がどうなってもいいと思えた。

さまざまな薬物に手を出し、やがてそれが日常になった。薬物をやると、襲ってくるのは快感や高揚感。そして、幻聴と幻覚が続く。ベッドに寝転んでいると突然大地震が起こり、天井から白い煙のようなものがもくもくと噴き出してくる。何十匹もの大きな虫が布団の中に入ってきて、誰もいるはずがないのに誰かがいる気配がする。幻覚だろうと思っていても恐ろしい。

自分が誰で、どこにいて、何をしているのかわからず、必死で確かめないとその場にいられなくなる感覚もある。その確認をひたすら続けて、やっと「生きている」とわかる。その感覚は、想像を絶するものだった。

苦しすぎて毎日怯《おび》え、「死ぬかもしれない」と思うほどの混乱が続いたけれど、それでもやめることはできなかった。

アイツとの突然の再会

17歳になる春には通信制の高校に入学したけれど、スクーリングの時に生徒がつるんでいる雰囲気が嫌で、すぐに行かなくなって2カ月で退学した。

アイツと再会したのは、ちょうど通信制高校に入って、合わなくて悶々としていた5月のある日。

お母さんは、アイツと離婚して新しい家にひとりで住み始めていて、お母さんの家で一緒に暮らすことを前提に、その準備として外泊許可が下りたのだった。お母さんと住みたいというよりは、施設を出たくて、そのための手段だった。

施設に迎えに来てくれたお母さんは、家に着くと、驚く発言をした。

「今からお父さん来るから」

え、離婚したんちゃうの、と言いたい言葉をのみ込みながらわたしは、「そうなんや」と返した。

「この家はお父さんが買ってくれてん。お父さんの家やから」

ふたりの関係は、離婚後もまだズルズルと続いている——。わたしは呆れ果てた。

そして、久しぶりにアイツに会うと考えると、どんな態度をとればいいのか、少し緊張した。

「久しぶりやな。結生もちょっと大人になったな」

やって来たアイツは、わたしを見てそう言った。そしてアイツと入れ替わるようにお母さんは外に出かけてしまい、わたしたちはふたりきりになった。

並んでソファに腰掛けると、アイツはまた、同じ言葉を口にした。

「結生は大人になったな」

大人になった――。その言葉は、わたしにとって特別なものだった。

小学生の時、アイツはいつも「大人になったらね」という言い方をして、わたしを子ども扱いした。

「大人になったら、体のラインが変わる。膨らみも出てきて、エッチも気持ちよくなってくる」

そんな言葉を聞いて、わたしはずっと、大人になれば女として認めてもらえると信じ、「早く大人になりたいな」と思っていた。

同じ言葉だったけれど、ふたりきりになってかけられたそれは、わたしにとって、「親と子」ではなく、「男と女」の関係としての意味をもっていた。

あらゆる喜びの感情が、複雑に入り交じった。子どものころの「愛されたい」「可愛がってもらいたい」という気持ちがひたひたと満たされていくのがわかった。

ずっと抱えていた「自分は大人じゃない」というコンプレックスが消え、初めて女として見られ、やっと対等になれた気がした。わたしを子ども扱いしていたアイツを見返してやれたような、欲望の塊ともいえるただの中年男性を上から蔑《さげす》んで見るような、ある種の快感もあった。

アイツのことをずっと憎んでいたはずなのに、「大人になった」という言葉は、わたしの頭から「裏切られた」「見捨てられた」という負の記憶をきれいに消し去っていった。

お酒を飲み、ずっと上機嫌なアイツ。肩に手を回してきていい雰囲気になったので、わたしはこの機会に、ずっと聞いてみたかったことをたずねることにした。責めるではなく、柔らかく、甘えるような口調でなら、大丈夫な気がした。

「ね、小学生の時さあ、なんであんなことしたん?」

「あん時はもう、結生が可愛くて可愛くて仕方なかった。すごい愛してたからさあ。ほんまに可愛かった」

そう言ってアイツは、わたしの手を取り、ベッドへと誘導した。

求められることへの嫌悪感はなく、それよりも、「自分も大人として見てもらえるようになったんだ」という喜びの方が大きかった。

「可愛かった、愛してた」とささやかれて、うれしい半面、ぐっと気持ちが冷めていく。アイツに対する感情がどういうものなのか、自分でもわからなかった。

娘と体を合わせて、娘の目の前で腰を振り続ける父親。わたしのことを「愛してた」と言った人の表情が恍惚《こうこつ》としたものに変わっていく。その様を見ていると、次第に自分が無感情になっていくのがわかった。

嫌悪感を抱かないように、自分を切り離しているような感覚もあり、ただ、この人の言う「愛」とはなんなのか、そのことだけを考え続けていた。

その夜は、なぜだかわからないけれど激しい金縛りと幻覚に襲われ、一晩中苦しんだ。

そんなことがあったのに、次の日も誘われるがまま、ラブホテルで性行為をした。

アイツとの関係についてお母さんと初めて話をしたのは、それから2週間ほどが経った日のことだ。

アイツと再会したあと、保護観察期間中だというのにわたしはさらに薬物におぼれ、男の元に転がり込んでいた。

男と一緒に薬物をやると、自暴自棄で気持ちが大きくなってくる。その勢いに任せて、好きでもない男と「結婚しよ！」と盛り上がっていた。わたしはヘロヘロになりながら、お母さんに電話をかけた。

「結婚するから。相手紹介するわ」

そう報告すると、お母さんはまたアイツのことを引っ張り出してきた。

「じゃあ、お父さんも連れて行くから」

「え？」

意味がわからなかった。

――だから、あなたたちは離婚してるし、わたしは、あくまでもお母さんに結婚報告をしたくて、お母さんと向き合いたいと思っているのに、なんで？

「え、なんでお父さんを連れて来るん？」

いつまでわたしの人生にアイツが関わってくるのか。お母さんは、いつまでアイツを盾にするつもりなのか。わたしの我慢は限界に達していた。

「そんなふうに、お父さんお父さんって言うけどさ」

わたしは続けた。

「お父さんと、いろいろあったんやで。体触られたり、触らされたり、体の関係ももったし。小学生の時からやで。この前だって、一緒にホテルに行ったんやから」

お母さんは明らかに動揺した様子で吐き捨てた。

「知らんわ。ホテルだって、自分の足でついて行ったんやろ」

わたしが返事をする間もなく、一方的に電話は切れた。

お母さんにとっては、聞きたくなかった話だろう。自分の夫と娘が関係をもっていて、つい最近もそんなことがあったなんて、知っていたとしても、娘から告白されれば戸惑うはず。それはわかっていたけれど、わたしだって、ずっと苦しかった。何かあるたびにアイツのことを出されて、もう耐えられなかった。

自分の中にだけしまっておくことが、できなくなってしまっていた。

「反省している」と言えなかった

アイツとのそんなこともあって、気持ちはぐちゃぐちゃだった。保護観察の期間中も、非行は止まらないどころかどんどんエスカレートした。

わたしは再び少年鑑別所に送られ、処分を決めるための少年審判を家庭裁判所で受けた。

わたしを担当する弁護士さんは「罪を認めて反省すれば処分が軽くなる」と助言してくれたけれど、どうしてもわたしは、「反省しています」と言えなかった。自分のしてきたことがなぜ悪いのか、考えてもよくわからなかったのだから、反省しようがない。

薬物や援助交際のことを、みんな揃って「悪い」と言う。薬物もそうだけれど、こと援助交際が悪いと言われる理由は、本当にわからなかった。そんなに悪だというのなら、なぜ、どう悪いのかをちゃんと知りたいし、納得いくまで教えてほしいと思った。

最終の審判の聞き取りをされた時、わたしはこう言った。

「なぜ援助交際がダメなのかわかりません。自分もしてあげてうれしいし、相手もうれしいし、相手が喜ぶことをして自分もそのことでうれしいのに、なぜそれがダメなことで、なぜそれが自分を大事にしていないっていうことになるのか、理解できません」

よくわからないけれど、「少年院」というところに行けば、わたしのしたことがなぜ悪いのか教えてくれるのではないか——。そんな期待をもって、わたしはこう言った。

「少年院に行きます」

17歳の7月のことだ。

矢印を、自分に向ける

2013年夏、17歳

「どうして、あなたは薬物をやるような生き方を選んだんだろうね?」

福田先生の問いに応えるように、「あの過去」への記憶をたどり、淡々と語る。そんなわたしの目をじっと見て、先生は表情一つ変えずに耳を傾けていた。

薬物は、自分にとって、なくてはならないもの。すべてをどうでもよくさせてくれるもの。自分の感情が整理できなくなった時、自分をめちゃくちゃにしたい衝動に駆られた時、親とのこと、破壊的な感情、そのすべて。

つまり、薬物を使うことは、傷ついた自分が辛い過去を忘れて楽になるために、必然の行為だった。「あの過去」を消し去るために。

友達に、援助交際の相手に、児童相談所で、児童養護施設で、少年鑑別所で、これまで何度も、数々の場面で語ってきた人生のシナリオをなぞった。いわば定型の〝自己紹介〟だ。

「あの時、お母さんが迎えに来たのが悪くて、薬物をやった私は悪くない」

自分の行為を肯定したい。自分自身を肯定したい。自分は悪くないと、本気で信じていた。お母さんが勝手に施設に入れて、勝手に迎えに来て、勝手に暴力して、結局施設に戻らなくちゃいけなくて、傷ついて、傷を抱えて、自分の人生に自信をもてなくなって……。

「あの時お母さんが迎えに来なければ、こんな人生にはならなかった。お母さんが迎えに来たのが悪い」

何度も口をついて出る言葉を、受け止めるでも、否定するでもない。福田先生は、ただ聞いていた。

「だから、こんな人生になったのは、お母さんのせいなんです」

一通りの説明が終わると、先生は、静かに口を開いた。

「私は、思う」

そして、続けた。

「やってしまったのは、あなた。傷つくことをされたのはわかる。けれど事実として言うなら、薬物に手を出したのは、あなた。あなたが、薬物をやることを選択したんでしよう？」

「え？」

何かが胸にズドンとくるのを感じた。

え？　そうですけど。そうですけど、そうですけど。そうするしかなかった。それ以外の選択肢、何があったわけ？

頭の中に、ぐるぐると、まとまらない考えが巡る。

「そりゃ荒れるのも仕方ない、そうするしかなかったよね」と周りの人はみんな口を揃えた。みんな同じ反応だった。

自分だってそう思ってきた。親に腹が立って、責め続けてきた。親や環境の問題だと、ずっと思ってきた。それなのに。

「やってしまったのは、わたし？」

シナリオにない展開に、言葉を失った。

〝大事件〟だった。

「やらされている」か、「やっている」か

次の日も、その次の日も、初めての考え方を受け止められずにいた。

どうしてそんなことを言うのか。ひとごとやから言えるんちゃうんか――。

驚きの次にきたのは、怒りの感情だ。

ムカついた。今まで自分がしてきたことすべてを否定されたような気がして、恥ずかしさも湧いてきた。突き放されたような気もした。けれど。

――自分の問題なのか。

新鮮だった。

「あなたが選んでしてきたこと」

福田先生の言葉を理解したかった。理解しようとするけれど、すぐにはわからない。何日も、わからないなりに考えた。

これまでに起こったすべてのことは、「された」と思っていた。ここまでの人生の軌跡は決まっていた必然のものだから、そこには自分の意思など存在しないのだと。その認識が違っていたということか。そこに自分の意思があったというのだろうか。

言われてみれば確かに、その場にお母さんがいたわけではない。24時間、誰かに操られていたわけでもない。

「自分が作り出した環境なのかもしれない」。そんなふうに思えてきた。物事の捉え方は自分の考え方によって変わる。その発想は興味深かった。


体育の時間では、運動場を走る前、そして走った後に、考えた。

「これは、『やらされている』のか『やっている』のか」

清掃の時間や、ニュースを見て先生たちの話を聞く時間にも、自分に意識を向けた。

「このカリキュラムは、自分の意思でやっているのか」

やらされていると考えての行動と、主体的にやっていると考えての行動では、中身が変わってくる気がした。結局は自分次第なのだと思えた。


自分の中の違和感も大切にした。先生の話を聞いていて少しでも引っかかることがあると、手を挙げて質問した。

少年院で過ごしている時間は、誰かのためのものではない。自分の人生であり、自分の生活である。本当は、すべての行為に自分の意思があるはず。毎日、自分に問いかける。

「なぜ、その行為をしているのか。この出来事に、どう感じているのか」

自分の意思など意識しない受け身の日常が、これまでの人生を生み出してしまっていたのではないかとさえ思えるようになった。

逆にいえば、自分の意識次第で人生を変えられるのではないか――と。

お母さんに人生を狂わされ、自分が望まない方向に運命は決まってしまったと思っていた。自分で人生を作り変えてもいいなんて、「私はどうしたいのか」なんて、そんな発想はなかった。

――「過去」「育ってきた環境」に意識を戻さない。「過去」をスタートに考えない。

〝事件〟から数日経つと、その感覚をつかめるようになってきた。

今、自分はどういう行動をとるのか。これから人とどう関わっていきたいのか。今後どんな人生を生きたいのか。そこに意識を向ける。自分の行動を決めるのは、自分。自分の考え方を決めるのは、自分。

少しずつ、少しずつできるようになっていく感覚がわかってきた。どんなに苦しくても目をそらしたくても、現実を突きつけられ、逃げたくても逃げられない環境で、〝決して正解を教えてくれない学校〟の中で、学び始めていた。自分なりの幸せに近づくには自分が変わるしかないということを。

人と真剣に付き合うということ

少年院の院生たちと並んで座った小教室で、非行の内容によって分けられた授業を担当する先生がいつもの言葉を繰り返す。

「普通の男女の交際は、好きな人ができて、1対1の関係ができて、体の関係をもちます」

——うんざりする。

わたしにとって、普通、などという言葉は混乱の原因以外の何ものでもない。援助交際や性的な非行があった子たちに向けた授業での、性の話。先生たちは、一般論を一生懸命に伝えようとする。その熱い気持ちは伝わってくるけれど、残念ながらまったくピンとこない。

〝普通〟なんて言ってるけどさ、それ、先生自身の〝普通〟ってわけではないよな？人間なんてみんな一人ひとり生き方違うんやから。

心の中で突っ込みを入れる。社会的価値観のもとの〝普通〟。どこから生まれる普通なのか。

「援助交際がどうして問題なのか、わかりますか?」

——だから、わかるわけないやんか。

ふつふつと湧いてくる苛立《いらだ》ちの感情が、日を追うにつれて膨らんでいくのを感じていた。

自分を深く掘り下げて自分のことを解明しようと心がけてきたけれど、性のテーマだけは難しかった。

体の関係をもつことと恋愛が結びつかない。人を好きになるとか愛するという感覚が、どうしてもつかめない。結婚の概念だってわからない。結婚している人と性的な関係をもってはダメと言われても、さっぱりだ。

けれど、それは当たり前じゃないか、と思う。恋愛感情を知る前に父親と体の関係をもった人間なのだから。

自分の感覚が普通とされるものとはずいぶん違うらしいと、うすうすは感づいていたけれど、向き合ってはこなかった。誰かのことを「好き」と思う感情が、そして「愛」がどういうものか、これまでは深く考えたことがなかった。少年院に入り、この授業を受けたことで、はっきり「違う」と突きつけられた気がした。

「結生さんは、一般的な成長過程を逆に進んでいる」

先生にそんなふうに言われても、ああそうですかとしか言えない。「普通」というのは頭でわかったとしても、経験しているわけではない。そういう成長をしてきた人はそういう成長をしてきた人で、自分は違う、ということに立ち戻ってしまうのだ。

少年院に入る前は、一般論を聞いたところで「なるほどそういう人もいるんだね」と傍観していたのに、自分に降りかかってくるとは驚きだった。非行別の授業を受けるたび、「え？　自分もそういう考え方にならないといけないの？」と戸惑うばかりだ。

これまで、「小学生の時にお父さんと関係をもった人間」の感性のまま、その感性を肯定して生きてきたのに、今さら一般論を押しつけられて、どうしろというのか。すでに一般とは違った歩みをしてきたのに、どう変えろというのか。

だからといって、一般論を「正しい」と信じて伝えてくれる先生たちを責める気持ちになるかと言われると、そうでもない。一般的な感覚をわかりたい気持ちがなくはないし、一般論をちゃんと理解したい。

本当はわたしだって、その感覚を経験したかった。わたしも、一般的な人生を歩んでいたかった。なのに、どうして、こんなことになってしまったのか。

そのルーツを掘り下げようとすると、再びあの思考に入ってしまう。

「お母さんが迎えに来たのが悪い」

過去をスタートにしないと決めたのに、またここにたどり着いてしまう。「過去には戻らない」と覚悟を決めた自分自身に負ける気がして、イラついた。

「愛」をわかりたい

心身が引き裂かれるような日々が続き、自分の中で限界を感じたのは、福田先生との〝大事件〟から1カ月ほどあとのことだった。

みんなで掃除をしていたその日。廊下を歩いている福田先生を見つけると、たまらず駆け寄り、わたしは勢いよく問いかけた。

「先生、ずっと考えてることがあって。教えてほしいんですけど」

「なあに？　どうしたの？」

普段は、歩いている先生をつかまえるようなことをしないわたしの突然の行動にも、落ち着いて耳を傾けてくれた。

「いろんな先生たちが一般的な性的関係の話とかしてくれるんですけど。理解したいけどできなくて。混乱して……受け入れられなくて……それがすごくしんどくて……」

説明しながら、声が声にならないほど、一気に涙があふれてくる。

「多分、それがわかったらわたし、変われるんじゃないかって気がしていて」

もし「愛」という感覚をつかめていたなら、こんな人生を選択しなかったんじゃないかと、心の底から思えた。

「先生、愛ってなんですか」

人生の選択を左右するものが「愛」なのだとしたら、それをわかりたかった。

福田先生はじっと考え、ゆっくりと言葉を返す。

「人と真剣に付き合えるようになれば、わかるかもしれないね」

真剣に？　付き合う？　何？　それって、何をどうするの？

「真剣に付き合う」という経験も感覚もない。人と仲良くなりたいとか、深くなりたいとか思ったこともない。でも——。

「できるようになりたい」

自分でもびっくりするほど前向きで熱い感情が湧いてきた。

「先生、人と真剣に付き合うって、どうすることですか？　どうすればできるんですか？」

泣きじゃくり、すがるように問うと、福田先生の目にも涙が滲《にじ》んだ。

先生は多分、わかっていたんだ。一般的な社会から見た答えを求められているわけじゃない、ということを。

先生としての答えと、人としての答え。その間で葛藤しているような、長い長い静かな時間。

「ごめんなさい。答えを持ち合わせていない。わたしと試そう。一緒に探そう」

絞り出すような言葉だった。

福田先生は、自分の感覚で答えを出すことをしなかった。わからないことをわからないと、正直に言ってくれた。目の前にいる人間のことを、理解しようとしてくれた。

いつもと変わらず、わたしをまっすぐじっと見ているけれど、声は震え、震える声を喉でこらえていた。顔は真っ赤で目が充血し、大きく目を見開いて、涙がこぼれないように懸命にこらえているのがわかった。

いつも冷静な先生。何があっても落ち着いていて、絶対に動揺することなんてない。というよりも、本心は揺れていてもそれを見せないように、感情を乱さず動揺を見せないように保つことができる、そういう人だと思っていた。その福田先生が、涙をこらえていた。

何があってもわたしと向き合おうと決めてくれているのかもしれないと、わたしには感じられた。

――ひょっとしてこの世の中には、本気で信頼してもいい人が存在しているのかもしれない。

そんなふうに思えたのは、初めてのことだった。

人に頼ることは負けか

2014年春、17歳

少年院の院生のほとんどにあって自分にはないものがある。そのことを、うっすら意識し始めたのは、少年院に入って半年が過ぎたころだ。

「帰る場所」と「待っている人」。

少年院の生活のゴールがなんとなく見えてきて、在院生の中で成績がトップだと知らされたけれど、どんなに優秀でも、帰る場所がなければ出院できない。たとえ心を入れ替えても、社会に出て頑張ろうと前を向いても、自分には、待っている人なんていない。

「先生、私、どこに帰るんですか?」

すっきりした答えが返ってくると期待していたわけではない。半ば諦めながら、恐る恐る福田先生に訊ねてみた。誰かに引き取られるというイメージはない。更生保護施設という社会復帰をサポートする場所もあるけれど、年齢層が高く同年代の子はほとんどいないらしい、ということを聞いている。

「実はね、あなたのために動いてくれている人がいて、安保さんという弁護士さんが帰れる場所を考えてくれているみたいよ」

「えっ」

驚いた。行き場を探してくれている人がいるなんて。そんなことがあるなんて。赤の他人の自分のために、動いてくれている人がいる。迎えに来てくれる人がいる――。

弁護士の安保《あぼ》千秋先生は、子どもシェルター「はるの家」を運営するNPO法人「子どもセンターののさん」の代表をしている。わたしが非行で荒れて初めて少年鑑別所に行ったあと、試験観察になった時にお世話になった人だ。わたしは、はるの家で2週間あまりを過ごさせてもらったのだった。

子どもシェルターは、家庭環境が悪くて行き場のない子や、虐待する親と離れた方がいいと判断された子たちが、一時的に暮らす避難施設のようなところ。安保先生はサバサバしていて、でもとてもあったかい人だった。わたしのために、一生懸命動いてくれている姿が鮮やかに脳裏に浮かび、熱いものがこみ上げた。

安保先生は、保護観察の期間からわたしを担当してくれていた保護観察官の南さんと一緒に、わたしに会いに来てくれた。面会室に入ってきた安保先生の姿を目にした瞬間、なんとも言えず照れくさくなった。

安保先生は、あのころと何も変わっていなかった。記憶の通り、ツイードのジャケットにスカート姿のパリッとした格好で、それに対してわたしはすっぴんで眉毛はボーボー、髪の毛ボサボサのジャージ姿。バッチリ化粧をして着飾っていたあのころの自分は見る影もないほどの、ありのままの姿だ。さらけ出すのは恥ずかしすぎたけれど、それよりも何よりも、わたしに会いに足を運んでくれたことの現実にじんときた。

「今の気持ちはどうですか？　結生さんが暮らせるところを探しているけれど、前のシェルターでもいいかな？」

「はい」

ゆうちゃん、ではなく、結生さん。そう呼んでくれる律義なところも、実は好きだ。はるの家に身を寄せた2週間あまりの穏やかな日々が思い出され、あの場所への愛おしさが募ってくる。これからの自分の人生について、ゆっくり考えるにはぴったりの場所だと思えた。

「もっと長く居たい」と思っていた場所でまた生活できることは、思ってもみなかった喜びだった。

ひとりでできることは限られている

少年院を仮退院して約1年半ぶりに足を踏み入れたはるの家は、変わらず守られた場所だった。自分の成長や社会復帰、日々の生活を、安保先生やスタッフの人たちに見守ってもらえる。そして自分を、立ち直りとは違う方向に引き入れる要素から守ってくれる場所だ、という安心感があった。

はるの家には、暴力から逃げてくる少女たちも入っていて、基本的に外に出るのは必要な時だけ。生活に自由がないことが、辛いといえば辛い。けれど、ここなら自分を取り戻すことができる気がした。

中・高生のころは、人に頼らず生きられる自分になりたかった。自立というのは、誰にも頼らない「強い女性」になることだと思っていた。

自立の概念が変わったのは、少年院を出たあとにどこで生活するかを考えた時だ。どこもなければ更生保護施設に行こうと思って覚悟していたけれど、それは「どんな環境でもやっていくしかない」という覚悟で、それほど前向きなものではなかった。

いくら自分が頑張ったとしても、ひとりでできることは限られている。安保先生が探してくれて、もう一度行きたかったはるの家に戻れるかもしれないとなった時、自分ひとりではなく、見守ってくれる人がいる中で立ち直っていけることは希望だった。自分の見えていないところで自分のことで動いてくれる人がいるというインパクトは大きかった。

わたしは、自立を履き違えていた。

小さいころから福祉のお世話になっていたのに、その時はお世話になっていると思えなかった。自分が選んで今ここにいるんじゃなくて、知らないところで決められた社会システムや制度にのせられて動いている気がして、施設から出られない不自由さばかり嘆いていた。自分には選ぶ余地がないことを怒っていた。

施設を出て、施設に頼らず自分でやっていくことばかり考え、独り善がりだった。「ここは守られた場所だよ」と施設の先生はよく言ってたけれど、あのころは、「閉じ込められている」という感覚だった。

「施設の職員は、制度に従ってわたしにものを言っている」と思っていたのが、ここに来てようやく、支える側の葛藤が理解できるようになった。

安保先生たちがわたしのために動いてくれていたように、施設にいたころも、施設の先生や周りの大人たちが、知らないところで力を尽くしてくれていたのかもしれない。福祉制度が自分を守ってくれていたことに気がつかず、福祉に嫌悪感を抱き、支えてくれる人たちの思いを拒否するような行動ばかりとっていた。

——本当は、ちゃんと人に頼ることができる自分になりたかった。

はるの家で守られながら、これから自立を目指して生きていく自分の姿を想像すると、気持ちは明るかった。

そして、強がらずに弱音を吐いたり、人に頼ったりするには勇気がいるということに気がついた。人に頼れる力は、案外誰もがもっているわけではないのだ。

いくつか、自分の中で決め事をした。日記をつけること。高卒認定試験を受けること。真面目にバイトをすること。絵を描くこと。

技術を身につけて知識をつけ、本当の意味で自分の力で生活できるようになりたいと、強く思った。

「裏切りたくない」プレッシャー

社会復帰への準備期間ともいえる、はるの家での生活は、決して順風満帆《じゅんぷうまんぱん》ではなかった。

薬物依存が再発してしまうことへの不安はなかなか消えず、家族と暮らしていた小学5年生のころから不定期に続いている原因不明の体の発作も、治まることはなかった。

引き金になるものはなんなのか、ずっと考えてきたけれどわからない。児童相談所の心療内科では、「チクチクがきたら、『きてくれてありがとう』って思うといいよ」と言われて心がけると、気のせいかもしれないけれど少しは楽になるような感覚もあった。

はるの家での生活は、守らなければいけないことがたくさんあって、少年院に入る前は好き勝手していた自分にとって、その窮屈さがストレスになることもあった。

アルバイトをするのに外に出ると、少年院時代とは違って刺激も誘惑もある。やんちゃしていた時の昔の友達に会いたい気持ちも湧いてくる。それらを振り切って「よい子」にならなければいけないというプレッシャーも感じていた。

安保先生やスタッフさんにはとてもお世話になっていたけれど、だからこそ言えない悩み。はるの家で応援してくれている人たちの期待に応えなければ——という思いが先立ってしまう状況に、しんどさを感じるのだ。

そんなわたしを、はるの家の支援者とは違った角度から支えてくれたのが、保護観察官の南さんだった。

南さんは、顔立ちや雰囲気が、どことなく女優の波瑠に似ている人。少年院時代にも何度も会いに来てくれて、はるの家に移ってからも、話を聞きに通ってくれていた。

南さんはいつも、スタッフさんには相談できない複雑な心の内を聞いてくれた。

「高卒認定試験の勉強をしているけれど、誰のための勉強か、時々わからなくなる」

と打ち明けると、受け止めてくれて、南さんはこう言った。

「結生さんの中で、はるの家の人の存在が大きくなってきているのかな。だからこそ裏切りたくないという気持ちが生まれて、努力している目的を見失ってしまうんだろうね。そういうのが、これまでも何回も、繰り返されてきたんじゃないかな」

ビンゴ。

どうしてわたしよりもわたしのことをわかっているのだろうと驚いた。考えてもよくわからなかったけれど、口に出さなくてもわたしのことを理解してくれていたことがとにかくうれしくて、南さんの存在に感謝した。

南さんと話し、日記をつけ、自分自身と対話するうち、少しずつ少しずつ、「誰のための勉強かわからない」状況から抜け出せるようになっていくのを感じた。

自分のために、新しい出発

２０１４年12月、わたしは無事、高卒認定を取得した。

安保先生からは「芸術的なセンスを活かせる道を考えてみたら」と進学を提案されて、ファッションの専門学校で勉強することにした。

絵を描いたり、デザインを考えたり、奇抜なファッションを楽しんだりして自分を表現することが昔から好きだった。お金はなかったけれど、安保先生から学費の支援があると聞いて、また胸がいっぱいになった。いくつか専門学校を見学し、最終的に気に入ったのは京都の学校だった。

２０１５年春からは専門学校に入学し、京都ＹＷＣＡ（Young Women's Christian Association）がオープンさせたばかりの自立援助ホーム「カルーナ」に移ることになった。本格的な独り立ちを目指して生活の訓練をする。専門学校への入学と時期を同じくして始まる、新しい人生のスタート。どちらにも期待しかなかった。

安保先生は、こんなアドバイスをくれた。

「学校での勉強を最後までやりきるかどうかは、結生さんが自分で決めること。学費を支援してもらったから卒業しなくてはいけないと思うかもしれないけれど、そういうことは思わなくていいからね。支援者のために頑張ることを、私たちは求めていません。自分で決めて、自分のために頑張ってください」

専門学校は、絶対に卒業すると決めた。義務感ではない。なんとなく、これをやり遂げなかったら、もう自分は何もできないだろう——と思えたからだ。

ずっと、「大人への挑戦」と思って肩肘を張ってきたけれど、今度は違う。自分のための、自分への挑戦。支えてくれる人たちの思いを感じながらわたしは、「自分のために」やりきる、という決意を強くしていた。

love & peace ?

彼女には「育つ権利」がある

「少年院から帰る場所のない子がいます」

２０１４年１月、保護観察官の南から結生についての相談を受け、弁護士・安保千秋は、１年前の出会いを思い出していた。

結生は、親からの暴力があって児童養護施設で育ち、非行に走った「虞《ぐ》犯《はん》少年」（将来罪を犯す虞《おそれ》のある20歳未満の者）だった。少年院送致か保護観察処分かを判断するための試験観察となり、運営する子どもシェルター「はるの家」に滞在していたのだ。

結生――。あれからどうしているだろうと、心残りだった。

安保が結生と初めて会ったのは、２０１３年１月。そのころの結生は、窃盗や援助交際に明け暮れていた。施設職員の私物を切り刻んだり、施設のドアの鍵を壊したり、施設の中でも激しく反抗してトラブルを起こしていたため、保護観察になってもすぐに施設に戻ることは難しいと判断されていた。施設に戻ったら落ち着いて生活できるようにと、はるの家でそのための準備をすることになり、約2週間受け入れたのだった。

結生は、才能あふれる少女で、自分のことをよく語ってくれた。生い立ちを知り、ケアの必要な少女だと思ったけれど、頭がよく器用で、独特の感性で芸術的なセンスをもっている。工作やお手伝いをたくさんしてもらって、彼女のよい面をたくさん引き出すことができて、本当はもう少し長くいてほしいと思いながら児童養護施設に戻るのを見送ったのだった。

どこか、帰る場所を確保できないだろうかと南から相談され、安保は、さまざまな可能性を模索した。はるの家がいいのか、それとも京都ではないシェルターで受け入れてもらえる場所はあるのか。

思いついたのが、2015年春に公益財団法人京都YWCAがオープンさせる女子向けの自立援助ホーム「カルーナ」だった。

自立援助ホームは、原則15歳から20歳までの青少年が暮らす場とし、学びや就労を支える厚生労働省所管の施設。京都YWCAは、キリスト教の理念を基盤として女性や子どもの人権を保つために活動する法人で、安保が「女子の自立援助ホームが必要ではないか」と助言したことで、オープンに向けて動いてくれていた。

結生には、カルーナができるまでの間、はるの家で暮らしてもらってバトンをつなごうと考え、受け入れの準備を進めることにした。

4月になり、「結生がはるの家に帰りたいと言っている」と再び南から連絡があり、安保は南と一緒に少年院の面会室を訪れた。結生はしおらしく、法務教官と並んで座っていた。荒れていたころとは印象がガラリと変わり、とても可愛らしかった。

約1年前にはるの家を出た後、結局非行から抜けられず、援助交際で出会った男性らからすすめられて薬物に染まってしまってここに来た、ということを、結生はポツポツと語った。かなりしんどいところまで行ってしまっているようだということはわかった。

「やはり、私たちはるの家のスタッフが、結生の伴走者になろう」と心に決めた。

安保がNPO法人「子どもセンターののさん」を立ち上げ、女子のためにはるの家を開設したのは、2012年4月のこと。関西では初の子どもシェルターだった。

少年犯罪の案件を多く取り扱ってきた安保は、それまでに、結生のように性的虐待を受けてきた少女のケースにも何度も対応してきた。行き場のない少女たちの居場所を作る必要性を感じていて、ようやく「女の子たちを守りたい」という思いを実現できたのがこのシェルターだった。

少女が家庭で性的虐待を受けるなどして「逃げたい」という場合、一体どこに逃げればいいのか。安保の問題意識はここにあった。児童相談所の一時保護所での生活は、男子の出入りがあるため、男性と程よい距離を保つのが難しい少女たちにとっては困難な場合がある。けれど一時保護所に入ることを拒否すれば、行く場所がなくなってしまう。

住む場所を確保する手段として住み込み就労をしたとしても、職場の男性とうまく関係が築けない可能性もあり、そうなれば職も住まいも失ってしまう。

性的被害を受ける環境から逃げてきたばかりで傷ついているのに、安全かどうかわからない住み込み就労の環境に押し込まれていきなり「働け」と言われても、無理があるだろう。そういう環境を、安保は変えたかった。

行き場のない少女のサポートには、弁護士が通いで必要な手続きなどを担当する「未成年後見人」の制度もある。安保もその制度で何人か担当したが、きちんと居場所が定まって安心できていないと、そもそも再出発が難しいことがある。「信頼できる人と一緒に暮らす場がある」ことは重要な要素だと考えていた。

シェルターの運営は簡単ではなく、紆余曲折《うよきよくせつ》があり、閉鎖の危機の連続だった。費用や人材の問題でも難しさを抱える。

スタッフに際限のない要求をしたり、暴力的な言動をしたり、自傷行為をしたり、自分自身やスタッフ、他の子どもたちに強い怒りの感情をぶつけたりする子も少なくない。子どもたちに寄り添う難しさに直面し、打ちのめされそうになったこともある。対応の難しい子どもたちの入所が重なると、スタッフが疲れきり、子どもたちの状況もますます激しくなることが何度もあった。

それでも、シェルターができたことで居場所が確保される少女も多く、救われる子たちが多いことを、安保はよくわかっていた。

福祉と少年司法をどうつなぐか――。結生のようなケースで難しいのは、この点だと安保は考えている。

虐待を受けた子のケアは、児童福祉の領域である児童養護施設などで担うが、逮捕されて「犯罪者」となると、少年司法の領域になる。そこまで至った場合、その後のサポートをどうするのかが課題だ。傷ついた体験から犯罪に至り、家族の支援もない場合、単なる更生保護のサポートでは立ち直りが難しい。だが、かといって児童福祉に再び戻せるかというと、そう単純でもない。

家庭で虐待を受けていたり、児童養護施設で暮らしていたりした子が罪を犯して少年院に行くケースもあるが、児童福祉でのサポートでは限界があった子を、そこからまた児童福祉の施策で受けるとなると、一歩踏み込んだ支援が必要になる。本当は、それができれば理想だが、児童相談所の現状の職員体制では難しい。少年司法まで行ってしまう子を、児童養護施設も引き受けきれないケースも少なくない。

安保は、結生をはるの家で受け入れると決めた時、とりわけ手厚いサポートが必要だと感じていた。社会参加に向けて、生活を支え、傷ついた心を支え、彼女に合った就労ができるように伴走したかった。

結生の社会復帰に向けて大きな存在となっていたのは、保護観察官の南だった。南は、結生が少年院にいる時から月に2回会いに行き、丁寧に話を聞いていた。他にも少年院に入った子にはるの家を紹介した保護観察官はいたが、南のように丁寧につないだ人は、初めてだった。結生に寄り添い、意向を聞いて、結生の将来を真剣に考えていた。結生がはるの家に来てからも、面談に来て、結生の話にじっくりと耳を傾けていた。

保護観察のやり方というのは、さまざまだと知った。この出会いがなければ、結生の出院後の暮らしはまったく違ったものになっていたはずだと、安保は感じていた。

全額支援で教育をサポートしたい

6月、少年院を仮退院した結生は、はるの家へとやって来た。

安保が現場に足を運ぶのは、2週間に1回。そこで子どもたちの様子を見て、話をして、スタッフ会議で近況報告を受ける。

結生は、スタッフたちに「ここは安心する。来てよかった」という言葉を伝えていたが、スタッフにも、自分に対しても、決して深いところまで話していないと安保は感じていた。完全に心を開いているわけではないように思えた。

しかし、結生に伴走するスタッフたちにとっては、結生との日々は、大変である一方で新鮮だった。独特のこだわりをもつ結生。スタッフも、彼女たちの働きぶりを理事長として見守る安保も、「ハラハラドキドキ」の連続だった。

「トゲトゲの髪形をしたい」と言って聞かない結生のため、スタッフたちは、望む髪形にしてくれる美容院を懸命に探した。ようやく見つけた店に1時間以上電車を乗り継いで連れて行き、美容院を出る時には結生の満足そうな表情があったという。

布を買うために結生と一緒に手芸店に行き、他の子たちとは違って何時間もかけてじっくりと選ぶ結生にしびれを切らさぬよう、心を落ち着けて、ただただ付き合ってくれたスタッフもいた。

時間感覚がない結生には、アルバイトに時間通りに行ってもらう、たったそれだけのこともひと苦労。安保もスタッフも、結生が危険な場所に寄りつかずまっすぐ帰ってくるのか気がかりだったが、信じようと決めていた。

性の問題も難しかった。男性との距離が近すぎる結生。性的虐待のケースでは、男性と距離を縮められずに悩む少女たちを見てきたが、結生は逆に性への依存が強く、性的な経験が豊富。「男性と会話するよりも、性行為をする方が楽」などと打ち明けられた時は、職員たちはみんな、密かに心の中で衝撃を受けていた。「性的な欲求や感覚をコントロールする方法がわからない」と苦しむ結生の悩みにもついていけず、困惑した。

あらゆることが、未知の世界——。

周りを振り回しながら新しい世界を見せてくれる。周りの人のよい面をも引き出してくれる。結生は、そういう少女だった。

デザインや洋服が好きで、能力も魅力的な個性もある結生。だが一方で、深い問題も抱えている。

安保が考えたのは、結生の素晴らしさを、近くにいる自分たちだけではなく、一般社会の人々にも伝わるようにしたい、ということだった。才能があっても、基礎から学ばず、学歴もないまま社会的に評価されるようになるのは、困難な道のりだ。

結生には、教育や訓練の機会をもってほしいと考え、自分たちに何ができるか、頭をひねった。

ちょうどその時に、チャンスがやってきた。ののさんに500万円の遺贈があったのだ。頭がよく努力家の結生は、はるの家に入ってわずか半年で高卒認定の資格を取得したこともあり、結生の進学のための基金を創設しようと安保は思いついた。

考えていたのは、結生の学費を全額支援し、返還義務を免除できるようにすること。児童養護施設を出て進学した子たちは、奨学金をもらって進学して、途中でドロップアウトするケースも多い。卒業できず、奨学金の借金だけが残ってしまって、しんどい思いをする子たちを見てきただけに、学費を半額や一部のみの支援にしたり、返還義務を設けたりすることは避けたいと思っていた。

結生なら、学費を全額出せば、いろいろあるだろうけれど2年間やり遂げるのではないかという予感がしていた。もしかしたらやりきれないかもしれないけれど、それならそれでよく、半額では意味がない気がしていた。

ののさんの理事会に提案したところ、返還義務がなく、かつ全額支援ということについて、否定的な意見もあった。「少額でも、より多くの子にあげられた方がいいのでは」という声も出た。「返してもらうことに意味があるのか」という議論も重ね、最終的には、「将来のために備えて置いておくよりも今必要としている子に使おう」ということで理事11人全員が納得してくれた。

学費の全額支援が決まり、弁護士事務所で面談した安保は、結生に告げた。

「もし返してくれるんだったら、返してくれたらいい。そうすれば、次の子にあげられるかもしれないから。でも、返さなくても、どっちでもいいからね」

子どもたちは「客体」ではない

安保やはるの家の職員にとって、結生を受け入れたことは、大きな経験になった。

シェルターを運営していると、どうしても大人の感覚で「〇〇であらねば」と考えてしまいがちだが、結生は、まったく大人の思い通りにならない。結生の行動は、常に職員たちの想像を超えていたため、職員たちは日々「大人の感覚ではなく、今生きているこの子にとって本当に大事なことは何か」と考えさせられた。

子どもシェルターについて、「大変な子たちだから運営が難しい」などと言われることもあるが、安保はそれについて疑問をもっている。

子どもシェルターは、大変な子が来ることが前提の場所だ。環境が整っていなくて子どもが嫌がったり、対応の難しい行動に出たりするのは、ごく普通のこと。支援しきれないのは大人の側の問題であり、職員個人の問題というよりも、体制を作れないことや人材育成面の課題ではないか——と、安保は思う。

改正された児童福祉法では、子どもには、成長し愛される「権利」があるとうたわれ、昔の福祉のように、人徳の高い大人が「恩恵」として支援してあげるという考え方から変わってきている。

「子どもたち自身に育つ権利があり、私たちはその権利を擁護しているだけだという意識が浸透してほしい」

その意識が社会になかなか浸透せず、履き違えてしまうケースが目立つことを、安保は問題だと感じている。恩恵意識を大人がもっていると、子どもたちはそれを感じ取る。職員の対応に傷つくことだってある。

シェルターに入ってくる子は、決して「かわいそうな子」ではなく、単に「成育過程の中で問題をもつに至っている子」なのだ。決して、自分たちが「上」で彼女たちが「下」ではない。職員たちには、そう伝えている。

「せっかくしてやったのに」「こんなに懸命に支援しているのに、その気持ちに応えてくれない」という不満の気持ちが現場に渦巻くこともある。けれど子どもは、大人が分け与えてあげる「客体《きゃくたい》」ではなく、権利の「主体」なのだ。

結生がどんな生活をしていようと、男性と性的な関係をもっていようと、一般的に理解しがたい行動をとっていようと、ちゃんと学費は出す。それが、自分たちにできることだと思っていた。

「支援をする代わりに社会が望むような人間に育ってほしい」と願うことも、「学費を支援したから社会で使える大人になってほしい」と期待することも、本来は違うと、安保は思う。

「見返りを求めないこと」

それは、結生に対しても、ずっと大切にしてきたことだった。

子どもへの性的虐待は、「魂の殺人」ともいわれ、のちの生きにくさにつながっている。結生のケアを通じて、安保自身も、はるの家のスタッフたちも、そのことを強く感じた。

だが、性的虐待の案件は、警察が立件するにしても、親権停止するにしても、本人の供述しかない場合が多く、やっと本人が供述できてもその信憑性《しんぴょうせい》に対して周りが疑いをもつケースが少なくない。

安保が思うのは、「予防しなければならない」ということだ。「子どもの権利」を強く主張すると批判されることもあるけれど、やはり言い続けていかなければならないと、実感している。

AV女優になりたかった

2015年4月、18歳

新しい住まいは、わたしに自由と責任を教えてくれる場だった。

本格的な独り立ちを目指して生活の訓練をするため、転居した自立援助ホーム「カルーナ」。開所と同時に入居することになり、つまり、わたしはカルーナの第1期生となった。

ちょうど同じ時期に専門学校も始まるということで、わたしにとっては大きな転機だった。

入居する前、カルーナへ見学に訪れた時、施設長の山本知恵《ちえ》さんはこんな言葉をかけてくれた。

「ルールとか生活とか、一緒に作っていこうね」

驚いた。ルールは、最初から作られているもの（大人が作っているもの）で、既存の箱にちゃんとはまるようにわたしたちが努力するものだと思っていたのに。

カルーナはできたばかりで、最初からルールが決まっているわけではない。というより、知恵さんは、入居者と一緒にルールを作りたいという思いを最初からもってくれていたらしい。それを聞いた時、ここは、単に寝泊まりする場所ではなく、自分たちに軸がある、「自分の場所だ」と思えた。

これまでは、「どうして〇〇をするの？」と大人に問えば、「決まってるから」と言われ続けてきたけれど、カルーナは違う。「だって、一緒に決めたやんか」と言われるのだ。責任感が生まれ、納得して生活する。自分の思いをある程度自由にルールに反映できるけれど、責任が伴う。これこそがまさに、「自立」援助ホームだと思った。

自分たちのために、一から作っていくという初めての経験に、わくわくが止まらない春だった。


想像していた通り、カルーナは居心地がよかったけれど、暮らし始めて2カ月が経ったころ、わたしは大好きなこの場所とお別れする覚悟を決めていた。

どうしてもやりたいことがあって知恵さんに打ち明けることにしたけれど、きっと「ダメだ」と言われるにちがいなくて、そうなったらカルーナを出るという計画だった。

「性的な接触のある仕事がしたい」

こんな相談をサポートしている若者から切り出されたとしたら、驚かない方が珍しいというものだ。「職業に貴賤はない」というのがわたしのモットーだったけれど、カルーナは若者たちの就労や社会参加を支える場所で、自分の体を人前に晒《さら》すとか、性的な行為でお金を得るとか、そういうことは世間一般には正業として認めてもらいにくいことは、理解していた。

安心できる居場所から離れた暮らしを想像すると、出て行くことには不安や寂しさもあるけれど、どうしても今のわたしには必要なことだからしようがない。

追い出されても、なんとしてでも、性の仕事をやる——。

知恵さんに決意を打ち明けた時、自分の中に迷いはなかった。

〝性〟と向き合いたい

その異変が最初に起きたのは、カルーナに入居して2カ月が過ぎたころ。わたしは専門学校に通いつつ、カレーの飲食店でアルバイトを始めていた。

フロアスタッフとして食べ物を運んでいる最中、男性客を前にすると、突然、全身に違和感が襲ってきたのだ。

――お客さんと、うまく会話できない。

焦りが募った。男性と「体の接触なしにコミュニケーションを図る」という感覚をつかめなくなっていた。

それは、少年院を出る時から恐れていたことだった。

父親との関係が男性関係のベースにあるわたしにとって、同級生や友達以外の男性とのコミュニケーションは、いつも性的関係がセット。援助交際の相手とも、性的関係があることで安心できたし、会話が弾んだ。友達でもない初対面の男の人と、性行為もせず、かしこまってにこやかに会話をするという技術は、自分には備わっていない。

けれどそれは、一般社会での男女の関係としては特殊なことだと少年院で知り、頭では理解していた。

「普通は――」と先生たちが懸命に語っていた言葉が反すうされ、再びあの混乱が戻ってくる。

「男性と女性は、いろいろな話をして、恋愛感情が生まれて、それから性的な関係に発展します」

どうすれば、男の人と〝普通に〟コミュニケーションできるのだろう。少年院を出てもまだ〝普通〟の感覚はわからない。深く考えると記憶が飛んでしまう。接客中に気を失って正気を保てなくなることもあった。

飲食店でアルバイトを続けることは自分には不可能で、このままでは、どんな仕事でもまた同じことを繰り返してしまうと思えた。

もし、克服しようとするならば、そのために自分ができる方法はたった一つ。

――自分の性ときちんと向き合うこと。自分がどんな時にどう感じるのか観察し、自分の性を理解すること。


「性的な接触のない仕事に就くことを最終目標にしているからこそ、今は向き合いたい。だから、カルーナを出て片っ端から性の仕事をすることに決めました」

わたしは、知恵さんに思いのたけをぶつけた。

「そっか」

知恵さんはあっさり頷き、続けた。

「じゃあ、性の仕事をしながらここで暮らし続けられる方法、考えてみよう」

「え？　いいの？」

思いがけない言葉に、わたしは耳を疑った。

カルーナは、学校に通いながらアルバイトをしたり、就労の準備をしたり、社会復帰に向けて働くことに慣れていくための場だ。社会的に認められている仕事で自立を目指す人のための場であるのに。

――本当に、ここに残っていいの？

これまでにも信頼できる大人に出会ってきたけれど、性や風俗の仕事についてだけは、自分のありのままの気持ちを伝えて理解してもらうことが難しかった。自分の中にも「わかってもらえないだろうな」という諦めがあったのかもしれない。けれど知恵さんは少し違っていた。しかめっ面もせず、否定もせず話を聞き、性の仕事のある暮らしが実現できるように考えてくれる。そんな大人がいることは、不思議だった。

自分自身を理解するための通過点

中学時代から、ずっと変わらず思っていたのは、「自分の魅力を引き出せる生き方や働き方がしたい」ということ。それが、自分にとっては性に関することだった。

性が自分のアイデンティティで、自分の中から性を取り除くと、自分には何もなくなると思っていた。

性を否定されることは、イコール、自分を否定されること。だから、性的なものを肯定したかった。

性の仕事は、自分も相手も幸せになれる素晴らしい仕事だと思っていたし、誇りをもってやっていた。満たされていて、自己肯定感を高められる感覚もあった。それだけに、援助交際や性風俗を「お金が欲しくてやっている」「女の子は傷ついている」「搾取」「買われている」「買う男性が悪い」などと言われることに、違和感もあった。民間の奨学金を申請する時、安保先生から「性の仕事をしていると奨学金を受け取る対象にならないんじゃないか」と言われた時は、納得がいかなくてプリプリと怒っていた。

中学の時、ＡＶ女優になりたい夢を語ると、周囲の人から「お父さんとの過去があるからそうなっちゃったんだね」と言われることもあったけれど、アイツとの過去とつなげられることは、どうしても受け入れられなかった。性的な行動は、「自分がしたいから、やりがいがあるからしている」と思いたかった。

だけど本当は、自分のもっている性の感覚には過去が深く関わっているかもしれないことをわかっていたのかもしれない。

自分自身が隠そうとしている自分の本心をえぐりたかった。アイツにされてきたから性的な行動に気持ちが向いているのか、あるいは、本当に生まれながらに好きで表現したくてしているのか。アイツとの関わりの中で生まれた「性」と、本来自分の中にある「性」。その二つを切り分けて考えられるようになりたかった。

性は自分の内面を考える上で切り離せず、自分自身に向き合う時には性について深く掘り下げることが絶対に必要なのに、性の問題は往々にしてタブー視される。周囲の大人たちは性を語りたがらず、どうして援助交際をするのか、誰も深くは聞いてくれなかった。「お金が欲しくてやってるのかな」と勝手に思っていた大人たちもいたはずだ。

性について深く語り合えない雰囲気の中で、いつしか、「このテーマはしゃべっちゃダメなんだ」と思うようになっていた。

知恵さんは、「性に向き合いたい」という気持ちを当たり前のように、あっさりと、「そうなんやね」と理解してくれた。「性の話がタブー視されていて辛い」と言うと、「なんでタブー視されるんやろうね」と、一緒に考えてくれた。

そこには、一般的な大人の物差しはなかった。

知恵さんの許しを得て、男性と体の接触があるさまざまな仕事を経験した。デリバリーヘルス、キャバクラ、セクシーキャバクラ、ストリップ劇場……。

複数の男性と性的な接触を重ねて、体を触られることの意味や体を見られることの意味、コミュニケーションについて考えた。相手との関わりの中にアイツとの行為を重ね合わせるうち、自分の中で少しずつ、性に関する自分の感覚が整理されていくのが感じられた。

これまでは、性産業の中のどこかに、自分が輝ける何かがあると思っていた。

——思いたかった。

自分が輝けるステージがどこかにあるはずで、性産業の仕事を片っ端からやってみたかった。全部やりきって、「どこにも輝ける場所がない」と理解するところまで行き着けたなら、吹っ切れる気がした。

あらゆる仕事を経験する中で感じたのは、男性たちはわたしの人間性の奥深くを見ているわけではない、ということだった。そこにあるのは、「触れていたい」という男性の欲望。たとえ輝くことができたとしても、それは「女」としての輝きであり、自分が求めている「人間」としての輝きではないと思えた。自分の「見てほしい」部分と相手が求めているものとのギャップを感じ、わたしらしさはそこに求めるものではない、と気づいた時、納得した。

――性に固執していたのかもしれない。

心の底の底では、そういう「気づき」にたどり着きたいと思っていた。

知恵さんに決意を打ち明けた時には、けじめをつけられる日が来ることがわかっていた。

わたしにとっての性産業は、自分自身を理解するための「通過点」。そのことを理解してくれる人がいて、信じられ、見守られていたからこそ、たどり着きたかったところにわたしはたどり着くことができた。

結生へのまなざし2——「カルーナ」施設長　山本知恵

自立を支えるということ

「ごめん。こんなややこしい子を引き受けて、後悔してる？」

山本知恵のＬＩＮＥに、結生からメッセージが届いたのは、知恵が施設長を務める自立援助ホーム「カルーナ」に結生が入所してから３週間ほどが経ったころのこと。時刻を見ると、夜中の１時だった。

４月１日に入所した結生は、専門学校に入学し、朝７時に起きて８時に学校へ行き、終わってからアルバイトをして帰る、というルーティンをこなして頑張っていた。疲れていても、悪態をつくでもなく、暴れるでもなく、少し猫かぶりをしているのかなと思うような感じもあった。

自分で決めて、自分で頑張った３週間だったけれど、頑張りすぎて糸が切れてしまったのか、突然何日も帰らなくなった結生。「安全なところにいるんやね」という最低限の確認だけをして、帰って来るのを待っていた中で送られてきた謝罪メールだった。

ＬＩＮＥで会話をしていると、「人とのやりとりが嫌になってしまって。自分にはそういう時がある」と打ち明けてくれた。ほっといてほしいのかもしれないし、いろいろ聞かれるのが嫌なのかもしれない。

勝手なことをしているという自覚はあるだろうし、迷惑をかけていてどんなふうに反応されるかわからない不安も抱いているのかもしれないなと、知恵は思った。けれど知恵には、正直な気持ちを伝えること以外に方法が思いつかず、思ったままに返信した。

「後悔とか、そんなこと考えたこともないよ。どんな子が『ややこしい子』なのかもわからないし、いま目の前にいるゆうちゃんが想定外だとか、そんなのはまったくないよ」

公益財団法人京都ＹＷＣＡが、２０１５年４月に開設したカルーナ。知恵が施設長に就任して最初の入居者が、「はるの家」からやって来た結生と、もうひとりの少女凛《りん》だった。

ＹＷＣＡの職員として、主に女性の人権を守る活動をしてきた知恵は、児童福祉を学んできた専門家ではない。カルーナのスタッフも多くは児童福祉の専門外で、運営は手探りだ。そんな中、NPO法人「子どもセンターののさん」の理事長を務める安保千秋弁護士から結生のサポートを引き継いだ。

結生とは、とにかくよく話をした。結生の経験は、知恵の生きてきた経験や、人との関わりとはまったく違っていた。結生に「何かをやってあげよう」と思ったことはなく、逆に気づかされることがたくさんあった。

本当のことを言うと、結生に対して抱いていたのは「ありがとう」という気持ちだった。話を聞くばかりで、「せやなー」を連発してしまう。そんな知恵を、結生は面白がった。

「知恵さん、さっきから、『せやな』しか言うてへんで」

指摘されて初めて気づくくらい無意識のふるまいだったけれど、多分それは、話を聞くということに自分が重きを置いていたからだろう、と知恵は思う。

ただただ聞くことで、結生が自分で考えるきっかけを作りたかった。


自立援助ホームは、何らかの事情で家庭にいられなくなったり働かざるをえなくなったりした青少年が暮らしの場とする施設だ。

「自立」とは何か、という議論もあるが、「誰かから与えられたルールを賢く守る」ことが自立にとって重要であるとは、知恵にはどうしても思えなかった。社会生活が送れるように、居場所の提供と就労支援などに取り組む事業だが、カルーナを開設する時に何より大切にしたかったのは、「入居者が自分で考え、自分で決めて自分で実践する」ということであり、それをサポートすることだ。

一方的にルールを決めることはしない。少女たちには、自分がひとりになった時の生活をイメージしてもらい、限りなくそれに近づけるように手伝うつもりだった。

施設の〝色〟を、結生と凜と3人で一緒に考えて、作っていく日々だった。

「性の仕事」を許してよいか

知恵の頭を最も悩ませたのは、結生が自分の働き方について相談してきた時だ。

「夜の仕事がしたい」と言う結生。望んでいるのは、男性と性的な接触がある仕事だった。

難しい問題だ、と知恵は思った。多くの自立援助ホームでは、「昼間の仕事を探しましょう」といったルールがある。カルーナでも、ルールではないが、午後7時半の夕食に間に合う仕事をなるべく探すようすすめていた。

自立援助ホームから夜に出勤するというのはどうなのか。ましてや性的な接触のある仕事となると、それを知っていて許してよいものか。自立援助ホームとして、どう対応すればいいのか——。

ただ、結生の目的が快楽やお金ではないことは、よくわかっていた。結生は、父親から性的虐待を受け、性と愛の概念に混乱している。自分自身が性の対象として見られることを肯定し、それによって自分を保とうとしている。性的な部分に自分の存在価値を見いだそうとする一方、生き辛さの根源が性的虐待の経験にあることもまた、結生は自覚している。

性的な接触のある仕事をする目的は、性に向き合い、行動してみることによって自分を理解することだと、結生は語った。自分自身を探りたい気持ちがあるのだと打ち明けてくれた。

身体感覚のズレを自己覚知している結生にとって、性的な接触がある仕事に就くことは必要なプロセスなのではないか——と、知恵には思えた。

結生は、決して投げやりになっているわけではない。真摯に自分の感覚と向き合おうとするからこその選択なのだ。「危ないよ」とか「体を大切に」などというメッセージを投げることは簡単だが、彼女には響くわけもない。

知恵は、結生と二つの約束をした。

一つは、仕事をする中で、自分がどう感じるのか、その感覚をきちんと知恵に話すこと。もう一つは、女性の性の悩み相談などに応じてくれる「ウィメンズカウンセリング京都」に相談に行くこと。二つの約束を守ってくれるなら、カルーナで暮らしながらやってみようか、と提案した。

本当は、「夜働くのなら、カルーナを出て他へ移って」と言うこともできた。だが、そう言ったなら、結生は別の仕事を探すのではなく、本当にカルーナを出てひとりで暮らしながら性の世界で働くだろうと確信していた。結生の覚悟は半端なものではなかったからだ。

そうなれば、彼女が必要とする自己分析はできず、流されてしまって、最終的に自分を追いつめていくであろうことは目に見えていた。誰だって、そんな作業をひとりきりではできない。

安心できる居場所があって、対話してくれる人がいることが、結生が自立する一番の力になるはずだと、知恵は信じていた。

2016年3月。自らの性への探究に一区切りをつけた結生は、20歳になる4月末の期限を待たずに、彼氏と一緒に暮らすためにカルーナを出て行った。カルーナで過ごしたのは、たった1年。その先の人生の方が長いけれど、彼女とはずっと付き合っていくだろうと、知恵は思っていた。

大人を信用せず、大人をバカにして対話を拒む子が多い中、「人との付き合い方がわからない」と言いつつ、人とコミュニケーションする方法や、つながる方法を探り続ける結生。エネルギーに満ち、自分を信じて自分をあきらめず、正直でひたむきで常に前を向いている生き方に、多くの人が惹きつけられる。自分も、その中のひとりなのだ。

カルーナを出る時、結生はこう言った。

「ここは、うちにとっては実家みたいなとこやな。実家って、ようわからんけど」

自分にツッコミを入れながらつぶやいた言葉が、知恵の心に今も残っている。

他人の人生を生きていた

2015年11月、19歳

泰良《たいら》と出会ったのは、神戸で開かれた音楽フェスだった。「カルーナ」で暮らし始めて半年が経った11月、わたしは専門学校の授業や課題を頑張りながら、飲食店のバイトと性の仕事で毎日を忙しく過ごしていた。

日々の生活に少し刺激が欲しかったのかもしれない。好きだったトランス音楽やDJイベントに頻繁に顔を出すようになっていた。

わたしのことを気に入ってくれて、優しく接してくれる泰良。新しく飲食店を開くのを手伝ってほしいと言われ、必要とされているようでうれしかった。一緒にいる時間が増え、カルーナと泰良の家を行き来するようになるまで、そう時間はかからなかった。

泰良は、わたしが性の仕事をするのをとても嫌がった。ちょうど自分の中で一区切りついたこともあり、性の仕事をやめると、その後は泰良との生活が自分の中の大きな部分を占めるようになっていった。

泰良は顔が広く、いつもたくさんの友達に囲まれていて、楽しいイベントに連れて行ってくれたり、絵を描く機会も作ってくれたり、たくさんの刺激をくれた。

カルーナを出て一緒に暮らし始めたのが翌年の春。いつしかわたしは、泰良が望むようなファッションをして、泰良の仕事を手伝い、泰良が望むような言動を自ら選ぶようになっていた。そこに自分の意思があるのかないのかさえ、わからない。望んでいない言動をすると、泰良は途端に不機嫌になる。それが怖かったのだ。

専門学校も忙しく、2年目に入ると課題に追われ、ちゃんと向き合わないと終わらせられない状況になっていた。自分が「やりきる」と決めた専門学校の課題だけはおろそかにしたくない気持ちも強かったけれど、泰良との生活を優先することで混乱が生じ、自分の決意さえも揺らいでしまいそうな日々だった。

課題に追われてクタクタの時も、仲間の前では常に笑顔でいるように求められ、仲間と飲みに行くぞと誘われた日に「疲れている」と断ると、激怒される。

生理痛がひどくて泣いていた時には、「今まで出会った女で、生理痛ごときで泣くやつは見たことがない。そんなんでうだうだ言うなら死ねよ」と鼻で笑われた。

泰良が使おうとしたライターのオイルがなくて火がつかなかった時は、「お前、なんでつかねえんだよ」と怒り出し、空のライターが飛んできた。よくわからないままゴメンと謝るとビンタされ、泣きながら震えるしかなかった。翌朝になると「酒飲んでる時のことなんて覚えてないから気にすんな」と言われ、言葉が出なかった。

専門学校の課題や、アルバイトをセーブして、頑張りたいと思っていたことを犠牲にして、泰良との生活を何よりも大事にしている。それなのに、どうして怒られ、ないがしろにされるのか。わたしは生きている価値がないのかもしれないと思え、自分の存在意義を失って、なぜ生きているのかわからないと思える日々だった。

監禁されていたわけではなく、簡単に家を出ることができる。それなのに、閉鎖された空間に思えた。いくらでもチャンスはあったのに、そんな考えは浮かばず、離れると生きていけないと思い込んでいた。わたしにとって、泰良と暮らすこと、一緒にいることがすべてになっていた。

親と暮らしていた時と同じ感覚。「逃げる」ということを思いつかないほどに、当たり前になっていた苦しい日常。本当は誰かに助けてほしいと思っていたのかもしれないけれど、うまく助けを求められなかった。

「彼との生活がうまくいかなくて、学校の課題が追いつかなくて。学校やめよかな」

課題を進めるためにカルーナにミシンを借りに行った時、知恵さんに少しだけ弱音を吐いた。

応援してもらってカルーナを出ただけに後ろめたさがあって、実はずっと言えなかったと打ち明けると、知恵さんは「言えてよかった」と喜んでくれた。

「学校を続ける応援はできるから、とにかく課題を頑張ろう」

そう言って励ましてくれた。

戻ってきてくれた「自分」

もう限界かもしれない――。

ある朝、わたしは泰良が仕事でいない間に台所から包丁を持ち出し、手の甲に当てている自分に気がついた。混乱がピークに達すると取ってしまう行動で、これまでにも何度もやったことがある。自分の手を、グサグサと刺したくなるような衝動に駆られるのだ。

「これは……、やばいな」

そう思ったわたしは、泰良の家を飛び出し、少し冷静になったところでカルーナの知恵さんに電話をかけた。

「かなりしんどい状況になってて……、お酒飲んで暴力振るわれる」と告白すると、知恵さんは勇気づけてくれた。

「どんな理由があろうと、暴力を振るう人とは一緒にいない方がいい。カルーナに帰っておいで。大丈夫やから」

混乱しながらもカルーナを訪れて知恵さんと話す中で、どんどん意識が戻り、「自分」が戻ってくるのがわかった。

――わたしは今まで何をしていたんだろう。

洗脳されていた状態からハッと目覚めたような、まるで催眠術でもかけられていたかのような、不思議な感覚だった。

自分の人生を生きているつもりでわたしは、泰良の人生を生きていたのだ。

親の期待に応えられなければ生きられないと思っていた子ども時代。その経験から、目の前の相手に「違う」「嫌だ」と上手に言うことが、簡単ではなくなった。期待されている自分であり続けようと、本当の気持ちを心の奥底に押し込めていたために、出し方がわからなくなってしまった。

自分の感情を表に出すと、自分が傷つけられる。何か気に触るようなことを言ってしまったら、自分が殴られる。傷つきたくないから、抵抗しない。抵抗せず、相手の期待に応え、その上で感情をなくしてしまうことで自分を守るのだ。

大事なのは、自分の意思ではない。

相手は、何を期待しているのか。

相手は、自分がどんな行動をすれば喜ぶのか。

相手は、自分がどんな言葉を発するとしかめっ面をするのか。

相手は、自分がどんな表情をすれば機嫌がよくなるのか。

大事なのは、「相手がどう思うか」なのだ。

言い返せない。断れない。思っていることが言えない。自分の感情をすべて消して、ただひたすら、「その人が今どうしたいのか」を考える。相手さえよければと思ってしまう。

自分の意思で生きることは、自分を苦しめるだけ。相手の意思に合わせて生きれば、傷つかなくて済む。誰に命じられているわけでもないのに、他人から期待されると、期待に応えなくてはいけないのだと思い込んでいく。もう、今ここに親はいないのに、自分の意思がわからなくなり、自分の意識がどこかに飛んでしまいそうになる。

普段は大丈夫でも、家族で暮らしていた時の状況とシンクロする出来事があると、他人の期待が自分の意思と同化してしまう。

あの3年間が自分の中で大きすぎて、あの3年間の関係性がパターン化して刷り込まれてしまっているのだ。

目の前の人を怒らせたり、がっかりさせたりしてしまうのが怖い。その気持ちが強すぎるせいか、固く蓋をしている自分の本心を表に引っぱり出してくるのは至難の業だ。ちょっとやそっとのエネルギーでは無理なのだ。

引っぱり出すための方法は一つ。自分のもっているエネルギーを全力で爆発させることだ。思いきりエネルギーを使って非行に走ったり、突飛な行動を起こしたりして、それに乗っかるかたちでようやく、「自分らしさ」が表に出てきてくれる。けれどそんな理屈は、人にうまく説明できないし、理解されるわけもない。

皮肉なことに、「わたしの本当の気持ちを知ってほしい」という思いは、目の前の人の期待を大きく裏切るような行動で表出してしまう。そして結局、露骨に嫌な顔をされたり、自分の存在が認められなくなったりする。わたしにとってそれは、とても傷つく経験で、怖いことだったし、今でも怖い。

だから、親しい人との距離感をつかむことや、自分よりも力のある人に対して自分の意思を表すことは苦手だ。


ＹＷＣＡのビルの空き部屋を貸してもらい、体を休めていると、スタッフさんがあったかいご飯を持ってきて、声をかけてくれた。

「おなか空いてると思うから、しっかり食べてしっかり休んでね」

うれしさ半分。そして、張り切って飛び出したのに出戻りになってしまった申し訳なさ半分。

けれどカルーナはどんな時も、わたしを包み込んでくれる。ひとまずは、逃げ出せたこと、自分を取り戻せたことをよしとしようと、わたしは自分に言い聞かせた。

振り返りの作業、再び

2016年秋、20歳

「元気？　会いたいわ」

新聞記者のあやちゃんからLINEのメッセージが届いたのは、取材を受けて1年半が経ったころだった。

「おおー、あやちゃん」

「カルーナ」で開かれた成人式のイベントに娘ちゃんたちと一緒に駆けつけてくれて、そのあと、春に一度ご飯を食べて以来。すっかりご無沙汰していた。

どうしてる？とたずねられ、この間の出来事を振り返る。

カルーナを出て、泰良と暮らして、DVを受けて、苦しい期間が続いて。やっと別れて、住む場所をなくして、また一時的にカルーナに戻ってるけど住むところを探していて。専門学校も忙しくて。泰良と一緒に暮らしてたころのダメージがキツすぎて、心機一転して新しいスタートを切らなくちゃ、と思っていて……。

「いろいろありすぎて、一言ではまとめられへん」

そう返信すると、あやちゃんから「私も。話そうー」と返ってきた。


あやちゃんから待ち合わせの場所に指定されたのは、京都大学前の老舗喫茶店「進々堂」。いつものように10分ほど遅れて到着すると、あやちゃんは、モーニングメニューのサンドイッチを頰張りながら待っていた。

「久しぶりー」

取材というわけでもないのに、新聞記者の人と店で待ち合わせてお茶を飲みながら雑談する。このシチュエーションがなんだか面白い、と、笑いをこらえる。

そして、再会の興奮が冷めやらぬ中で、あやちゃんが口を開く。

「実は会社を辞めようかと思ってて」

「え?」

耳を疑った。人生相談、というやつか。

辞める、という事実と、そんなに大事な話を自分にしてくれるという事実に、驚きを超えおかしさがこみ上げてきた。

子どもたちとの時間を大切にしたくて、でも取材するのも文章を書くのも好きで、両立させようと思うと会社のみんなに負担をかけてしまうことになってそれも嫌だと思ってしまうこと、うまくバランスが取れなくてストレスが増えていく現状をどうすればいいのか考えているのだと、あやちゃんは心の内を吐露し続けた。

悩んでいる姿を見て、「あやちゃんの力になりたい」という気持ちがむくむくと湧いてきた。

あやちゃんとは、「取材する側とされる側」という関係から始まったけれど、あれから1年半の時間が経ち、そういうものを超えて、人と人の関係であるような、言葉では言えない面白い関係になっている、と思う。

取材が終わって紙面に記事が載った時、なんとなく「続き」がある気がして、メールを送った。

「なんかまた話したい、って思いました」

あやちゃんは、子育て中のお母さんでもあって、喜怒哀楽がすごくわかりやすくて、新聞記者らしくなくて、いろんな顔をもっている人だった。その人が、どういうことを発信していこうと思っているのか、どうして自分を取材しようと思ったのか、どういう生き方をしてきて何が好きなのか、興味があった。

記者として、というより、単純に人間としてどんな人か知りたくなった感じだ。

メールを送った数日後、あやちゃんはカルーナに来てくれた。この時にはもう、わたしの中では「取材してくれた記者さん」から「あやちゃん」に変わっていた。もっと仲良くなりたくて、思い切って「ちゃんづけ」で呼んだ。

カルーナのスタッフさんが大皿にいっぱいお菓子をのせて持ってきてくれて、テーブルを囲んで一緒に食べた。お皿の中から、わたしの大好物を見つけて真っ先に手を伸ばすと、あやちゃんもまったく同じお菓子をつかんでいた。

それは、バタークリームの風味が最高においしい北海道銘菓の「マルセイバターサンド」だった。

「え、あやちゃんも好きなん？」

「好き好き、めっちゃ好き」

「おおー」

そんな会話を交わし、ふたりで顔を見合わせて笑った。

あやちゃんとの振り返りの作業は、本当に面白かった。インタビューに答えていく中で、少しずつ自分の気持ちが引き出され、整理されていくのを感じた。中学時代にひとりで振り返りの作業をしようと試みた時の感覚が、蘇ってくるみたいだった。

それは、記憶をたどるというよりは、自分を掘り下げていくようなもの。出来事の横に、自分のその時の感情を書き留めていく作業だ。自分がどういう時に何を感じたのかということを記録しているうちに、少しずつ、自分がどういう人間かを知ることができ、人生のビジョンが見えてくるような気がしていた。

思えばあのころから、ただ掘り下げるだけじゃなく、自分の中には「世の中に発信したい」という気持ちがあったのかもしれない。

知らない人に、施設で育った子たちのことや自分自身の生き方を知ってほしいという気持ちは、今も変わらずある。けれど、この作業には、覚悟もエネルギーも相当必要なのが辛いところ。やってもやらなくても、誰にも何も言われない孤独な作業で、結局、中学の時には長く続けられなかった。

新聞取材での初回の振り返り作業は、約3時間。そのあともさらに二度取材が重ねられ、生まれて初めて新聞社の建物にも入った。天井が高くて、かしこまった感じでちょっとわくわくした。

別の日には、新聞社のカメラマンに、地下鉄の駅の階段で撮影してもらった。

新聞に掲載された記事を読んだ時は、自分のことを初めて客観的に見られた気がした。

新聞の取材は、自分の思いを発信する方法があることを教えてくれた。自分のように困難な人生を送ってきた人だけではなく、一般社会の誰かが、自分の記事を読んでくれて、その人の明日からの行動を変えるきっかけにしてくれるかもしれない、とも思えた。

あれからずっと、自分にできることを考えていた。


わたしにそんな貴重な経験をさせてくれた新聞記者のあやちゃんも好きだけど、会社を辞めて制約なく自由に活動してるあやちゃんの姿を想像してみた時に、断然そっちの方がしっくりきた。

あやちゃんの話を聞くうちに自分のことのように気持ちが盛り上がって、わたしは興奮状態になっていた。

「え、そんなん、すぐ辞めたらいいやん。次の仕事のために何か結生ができることあったらするし。生きたいように生きてほしい。応援する！」

店を出るころには、気分は最高潮。カルーナに帰ると、「わたしもまた自分とちゃんと向き合ってみようかな」という気持ちが湧いてきた。

学校やバイトや彼氏とのこと、家族のこと、いろいろ絡まり合ってしばらく忙しくて自分を見つめることもできなかったけれど、新しく開設したブログに今の思いを書き留めた。

そして、あやちゃんが取材してくれた1年半前の記事のリンクを貼り、「再び自分を振り返るきっかけとなった出来事」とタイトルをつけ、すぐさまＬＩＮＥであやちゃんにメッセージを送った。

「ブログ始めてん。あやちゃんの記事からスタートやで〜」

自分という最大の謎

午前4時。もう明け方だというのに、眠らなければと思えば思うほど眠れない。布団にもぐり込んで瞼《まぶた》を閉じても、目を開けていた時の風景がそのまま見える。どこから黒い影が近づいてきて体が動かなくなり、わたしの心臓はばくばくした。

「あ、知ってる。この感覚」

親と暮らしていた時に経験した感覚が蘇ってきたようで、変な汗が出た。

泰良と別れて2カ月。カルーナを出てシェアハウスに暮らし、ようやく、少しずつ自分らしい生活に戻せている気がするけれど、まだ時々グラグラと揺れる。

眠れない日が多く、ベッドに横たわっていると自分の中にもうひとり自分がいるような感覚があったり、誰かが自分を見ている気がしたり、体は動かなくて悪夢が続いたりする。それがどうしてなのか知りたくて、自分に起こることを理解したかった。

わたしはスマートフォンを手に取り、「解離《かいり》」「金縛り」と検索ワードを打ち込んで、リンクを読みあさった。

「ストレスから守るために空想する、それが現実か夢かわからなくなる心理現象」

「解離しやすい人は、自分が第三者として登場する夢をよく見る」

「自分が自分の後ろから見ているような感じがする」

「自分の二重化、自分を傍観している」

「明晰夢《めいせきむ》。夢を見ていることを自覚している状態。空を飛ぶ夢、飛び降りる夢、追いかけられる夢など、感覚もとてもリアルで、夢の中でもはっきりと意識を保っている状態」

リンクを読んでみても、わかるようでわからなかった。

「ゆうちゃんは解離性障害かもしれないね」と言われたのは、たしか、児童養護施設にいる時だったと記憶している。担当職員の森下さんと話していて、解離というのは自分が自分である感覚を失われている状態で、辛い体験を自分から切り離そうとするために起こると教えてくれた。

アイツに体を触られることに少し抵抗が出始めたころ、わたしは、自分の意識を無理やり変えることで自分を守っていた。

気分が乗らない日でも触られて、混乱して、その場から逃げたいのに逃げられず、でも、受け入れるのがしんどくて、なんとかして楽になりたかった。そのために、いい方法を思いついた。

「ここにいるのは自分じゃない」と思うようにするのだ。

「今触られているのは、自分じゃなくて、誰か知らない女の子」

そう思えるように強くエネルギーを注いでいると、本当にそんな感覚になるから不思議だった。

誰か知らない女の子が触られている。そしてわたしは、その光景を別のところから眺めている。自分の体を触られているけれど、それは「本当の自分」ではないから、大丈夫――。

そんなことを繰り返すうち、意識しなくても自然に、「自分」と「自分」を切り離すことができるようになった。感情を飛ばすとか、心と体を離すとか。そんな感じの〝技術〟だ。

お母さんに暴力を振るわれる時も、同じ技術を使っていた。そして、親といる時以外でも、当たり前に使えるようになってきた。嫌だと感じているのに逃げられないような状況になると、自分を守るために「自分」と「自分」を離れさせる。その結果、何が起こったかというと――。

自分が何者だかわからなくなった。

心と体を離すスイッチが、自分の中にある。自分の意思でそのスイッチを入れる時もあれば、勝手に入ってしまうこともある。

援助交際や性的な仕事をする時は自分で入れていたけれど、泰良と暮らしていた時や、誰かから期待をかけられた時、ありのままの自分のことを出してもいいと思えない人の前では勝手に「オン」になる。ひとりでいる時やカルーナにいる時、専門学校で好きなことを勉強している時、本当の意味で心許せる人といる時は「オフ」。

なるべく「オフ」でいられる時間を増やしていきたいけれど、なかなか難しい。

自分の中のもうひとりの自分

ひと眠りして夜が明けても、気分はすぐれなかった。専門学校に行く時間なのに起き上がれなくて、布団の中でゴロゴロしながら、わたしは「ふたりの自分」について、まだ悶々と考えていた。

存在を認めたくないしょぼい自分と、頑張っている理想の自分。見られている自分と、どこかから客観的に自分を見ている自分。やっぱり、自分の中に違う自分がいるように感じる。

専門学校の卒業まであと半年。卒業制作を頑張ると決めた。それなのに、学校に行きたいのに、どうしても体が動かない。焦らないといけないのに、焦りがなくなる。そんな自分が怖くなり、気持ちが落ちていく。

「何もかもどうでもいい」

考えることからも逃げたくなる自分がいる。どこかに行ってしまいそうな自分を、必死でつなぎとめるしかない。客観的に今の自分の状況をわかっている。どうすべきかわかってる。一方で、全然何もできない自分がいる。

「できない自分がいる」という現実を直視するのも嫌で、なかったことにするために切り離して現実逃避する自分が、また嫌で。

――イライラする。

これは、楽なことに逃げ、そのうちに我に返って自己嫌悪、というパターンではないか。


「辛いのに頑張ってるね」

学校の先生や友達には、そう言われ続けてきた。そのたびに、居心地悪く感じていた。「本当はそんなに頑張っていない」自分がいることも、知っているから。

――どうして、先生にもみんなにも、「頑張っていない」姿を見せられずに強がってしまうのかな。

みんなが思うほど頑張っていない〝しょぼい〟自分の存在。その存在に本当は気づいてほしいのに、格好悪いから気づいてほしくない。なんてややこしいことだ。

あまりものごとに動揺せず、冷静でいることが多いせいか、「しっかりしてるね」と言われることもある。特に、「あっち側」の人たちによく言われる。

そんなことないよ、と真剣に返しても、いやいや「根」がしっかりしてるよ、とか言われて終わり。「根」が、どうやって誕生したのか、その理由までは誰も掘り下げてくれない。

〝しっかりした自分〟が生まれた理由は、しっかりするしかなかったからだ。

泣いたり、弱音を吐いたり、ダメな自分を出せば認めてもらえない、と思っているから。泣きたい時に泣いたら、お母さんに怒られたから。

でも、みんなそこは見ていない。「しっかりしてる」と言われ続けるうちに、「しっかりしていない」自分を出せなくなり、今では出し方すらわからない。そして感情停止、である。

本当は、泣きたい時だってある。ダメな自分もいる。「しっかりしてる」とか「頑張ってる」とか言われたいわけじゃない。しっかりしていてもいなくても、できなくても、頑張れなくても、どんな自分でも認めてほしい。ただそれだけのことなのだ。

泰良と10カ月を過ごしたことで、わたしは自分の現在地を確認することができた。

親との生活でいびつになった対人パターンは、親と離れて何年も経っているのに健在だった。「他人の期待に応えられる自分であらねば」という気持ちが大きすぎて、他人の意思と自分の意思を同化させてしまう癖が解消されていないことを痛感した。

一方で、それを「嫌だ」と感じている自分もいるのがわかる。混乱しそうなことがたびたびある。そんな時には、自分に強く言い聞かせる。

「自分はこうだ、っていうのを出そう。意識して。必要以上に強く」

ありのままの自分が考えていることに集中する。意識しないと、すぐにあの時の自分に戻ってしまう。自分の意思の中に他人の意思が入り込んできてしまう。他人の意思なのか、自分の意思なのか、わからなくなってしまう。

「自分」を強く感じるように心がける。難しいけれど、意識することで少しずつできるようになっていくような感覚もある。


「さ、学校、行こ」

わたしは自分を奮い立たせ、ガバッと、布団から起き上がった。

対等な関係からの始まり

2017年2月、20歳

壇上に立つと、想像を超える数の人たちが、客席にいた。

「落ち着け、落ち着け」

わたしは自分に言い聞かせ、深呼吸をした。

「みなさん、こんにちは！」

思ったよりも、大きな声が出た。


施設職員や学校の先生、行政関係者たちを対象にした講演会。客席にいるのは、虐待を受けたり保護が必要だったりする子どもと関わりのある人や、児童虐待の問題に関心のある教育・福祉関係の人たちだ。

講演の機会をくれたのは、児童養護施設で担当してもらっていた職員の森下さんだった。

「今の自分のことについて、発信したい気持ちがある」と打ち明けると、「じゃあ、そういう場があるから思いを話してほしい」と頼まれた。

前日まで、緊張感とワクワクする気持ちが混じり、落ち着かなかったけれど、壇上に立ってみると、案外話せるものだ。

施設にいた当時を振り返りながら、森下さんと一緒に作った原稿を、読み上げていく。非行に走った時の心情や、思い直して生徒会を頑張ろうと思った時の気持ち、お母さんとのエピソード……。施設や学校の生活で感じていたことが、脳裏に蘇ってくる。

20分という時間は、長いようで短い。みんな、真剣に聴いてくれていた。

講演の中身よりも何よりも、一番心に残ったのは、質疑応答の時間だった。まっすぐに手を挙げるひとりの男性。学校の先生だというその人の質問は、印象的だった。

「学校の先生として、どんなことをしてほしかったですか」

戸惑った。

「先生として」してほしかったこと――なんて言われても、わからない。正直な気持ちのまま、答えるしかなかった。

「先生だから、とかっていうのは、わたし、あんまりわからないです。そもそも、先生として、とか、生徒だから、とか、そういう姿勢ではなく、人対人、という姿勢で関わってほしかったです」

そう。振り返ってみれば、自分がいつも引っかかっていたのはそういうことだったんだ、と思った。

「先生と生徒」とか、「施設の先生と虐待された子」とか、役割や属性を重視するような関係性。もちろん、その関係性が必要な時もあるけれど、役割で接してこられると、どこか人間として対等じゃない気がしていた。

いつも一方通行で、気持ちをわかってほしい相手との間には、さまざまな種類の「壁」があった。

施設と世の中の壁。虐待されていた人と、されていない人との壁。虐待の問題に関心のある人と、ない人との壁……。

本当は、こんなふうに一方通行の講演をするのではなく、双方向の対話を望んでいたのかもしれない。わたしは、「弱者」として発信したいわけじゃない。「弱者」として、「支援すべき対象」として関わってほしかったわけじゃない。

しんどいとか、そんなことを発信したいわけじゃない。

みんな種類は違っても何かしらしんどいはずで、しんどい中で、それぞれがどうやって気持ちを強くもって、自分と向き合って、人とつながって、自分の意思と行動を変えていくか、考えているはずで——。

本当に伝えたいことは、わたしが少年院で学んだこと。「過去や環境は変えられなくても自分が変わることはできる」ということ。それを、みんなと一緒にやっていきたいということ。

ひとりの人間として、自分が体得してきたことを伝えることで、今悩んでいる誰かの力にもなりたいと思っているのだ。

「弱者」としての講演を終えて、聴いていた人からの「ちょっと違う」質問を受けたことで、自分の気持ちを再確認した気がした。

講演を終えると、聴講者からアンケート用紙でたくさんの感想が寄せられた。

社会的な肩書や役割を超えて「人として関わってほしかった」と伝えたその言葉を、多くの人が「考えさせられた言葉」として取り上げていた。

人として関わる——。

それは、教員や施設職員や支援してくれる人に対して、ずっと心の底で望んでいたことだった。

感想を読みながらわたしは、これまで支援してくれていた人たちのことを考えていた。少年院から出る時にも考えたことだったけれど、わたしは本当に多くの人に支えられてここまできた、ということを実感していた。

みんな、役割としてやらなければいけないことがたくさんあったはずなのだ。けれどあのころのわたしは、役割を超えて、本音で話せる人が欲しかった。だからいつも、「人として関わる」ことを貪欲に求め、時に激しく、大人たちに気持ちをぶつけていた。

そんなまっすぐな気持ちを聞かされて、施設職員さんたちは、職員としての役割と人としての立場に挟まれて、きっと苦しかっただろうと思う。

純粋に「人として対する」ことは、とても難しいことなのかもしれないと、あのころわからなかったことが、少しわかる気がしている。

生きたい場所で生きているか

2017年春、20歳

2017年3月、わたしは専門学校の卒業制作をやり遂げ、自分に約束した通り、無事に学校を卒業した。

シェアハウスで暮らし、エスニック系のアパレル店の販売の仕事に就き、「色」の勉強をしたくて染色工場のアルバイトも始めていた。アジア雑貨や洋服をお店で売りながら、一方で関心のある染色を学ぶ。そして、夜はクラブに出かけて好きな音楽に合わせて踊る日々。好きなものに囲まれた社会人生活がスタートしていた。

好きな仕事に就いて、好きなファッションや音楽に囲まれて、仲間もたくさんいる。わたしの生活は、周りの目にどう映るだろう。

充実した日々——に、見えるかもしれない。だけど実際には生活も精神面も混沌として、これからの人生への不安や混乱がぐるぐると渦巻いていた。本当は、苦しくて、現状から逃げ出したくて、でもそれもできなくて、ただ流されるままになっていた。
――こんな日常を望んでいたわけじゃない。
わたしの中の「わたし」が、小さな声で叫んでいた。

混乱のただ中にいたわたし

ファッション、デザイン、アート、音楽。好きなものがいつもそばにあるのに、何かが違っていた。

そもそものきっかけは、少年院を出て「はるの家」にいる時に何気なく見たＹｏｕＴｕｂｅ。サイケデリックトランスという音楽との出合いだった。そのリズムやメロディが、脳内に催眠や幻覚を催す「トランス状態」になるような音楽で、多幸感に浸れる。動画で流れていたトランス音楽は、画面を通しても本能的に心地よく、ずっと聴いていたい気持ちになった。

「カルーナ」に移ると、トランス音楽を好む人たちが集う「レイヴ」と呼ばれる野外フェスやクラブに足を運んだ。同じ趣味の仲間ができ、わたしの創作活動を応援してくれる人や、作品や才能を認めてくれる人たちがいた。

わたしが足を踏み入れた世界は、仲間意識が強いコミュニティ。人と人とのつながりが途絶えることはなく、学校を卒業してからも、人の紹介で、ＤＪイベントでのライブペインティングやお店の壁画の仕事の依頼もくるようになった。

「ゆうちゃんって、自分の仕事もって、人脈もいっぱいあって、自分でそういうところに飛び込んで、いろいろ動いていてすごいよね」

そんなふうに言われることもあり、何となく仕事が回っているような、生活がうまくいっているような感覚もあった。いや、「うまくいっている」と思いたかったのかもしれない。けれど、本当は、早くこの日常から抜け出したかった。

なぜなら――。いつの間にかわたしが生きる世界そのものになっていたコミュニティは、薬物に染まっていた過去の自分と切り離せないものだったから。

フェスやクラブに足を運ぶうち、たくさんあるクラブ音楽の中でも、わたしの好む音楽はドラッグカルチャーと親和性があることを知った。そして、出会った人たちと関わり続ける中で、そこには薬物を好む人たちもいることを知った。心地いいものを追い求めた結果、たどり着いたのは、薬物がすぐ手の届くところにある環境だった。

つまり、少年院に入る前の荒れていたあのころに、戻ろうと思えばすぐに戻れてしまうのだ。

少年院に入る以前は、傷ついた過去から逃れたくて、薬物は現実逃避の手段だった。自分をめちゃくちゃにして、お母さんやアイツへの怒りや憎しみ、ずっとつきまとってくる苦しみを一時的に消し去るために、薬物はなくてはならないものだったけれど、今は違う。

あのころの自分はもういない。薬物で苦しさを紛らわせようとしても、それは悪循環にしかならないことを、すでに知っている。自分を保つことができるのは自分だけである、ということ。それは、少年院で体得したこと。なのに——。

それなのに、いつしか、薬物を使う生活を当たり前とする人たちが生きる世界の中だけでわたしの創作活動が回っていくようなリズムができてしまっていた。

法律を守って真面目に生きている人たちを嘲笑し、仲間同士だけでつるんでいる、いわば〝地下の世界〟。地下に蟻の巣がいっぱい張り巡らされていて、その世界に浸かれば浸かるほど、世間から離れていくような感覚があった。そこにいる人たちは、薬物をやることを「何が悪い」と開き直っていたし、内側にいると、薬物をやることがなんの問題もないような楽観的な気分になるから、不思議だった。

専門学校に通っていても、アパレルショップで働いていても、〝地上〟の世界にアイデンティティを置いている人たちとの間には一線がある。一見地上にいるように見えてアイデンティティが地下の住人であるわたしは、決して地上の住人になれないことを自覚していた。

地下の世界の人たちは、薬物をやる自分たちこそ素晴らしいと考えているようだった。海外の密売人とつながっている男性たちは、しきりに自分が仕入れた薬物をすすめてきて、使わない人たちをバカにした。

覚せい剤でさえ、「リスクがある方がかっこいい」とされて、薬物の世界のステイタスのように見られていた。死の危険があることをわかっていて、あえてやる。危険なドラッグを使う人ほど「すごい」と崇拝されるような世界だった。

薬物のあるコミュニティを居場所にするアーティストたちは、薬物で見えた幻覚をアートで忠実に表現できることを売りにし、同じコミュニティ内で称賛を受けていた。けれどその人たちの絵から滲み出ているのはドラッグ観であり、その人の人生観や哲学に触れられる作品にはあまり出合ったことがなかった。いかに「(薬物を使った時のように) キマれる絵か」が評価軸で、キメている人たちの間で認められるかが大事とされていた。それらは、わたしが表現したいものとは、違っていた。

薬物を使わずに描くわたしの絵は、笑われた。

「クスリもキメずに描くとかダサい」

「え？　わたしって、ダサいの？」

ダサい、と言われるのは癪《しゃく》だったし、認められたかった。認められるために、キマれる絵に寄せて描いていたけれど、表現者としては描きたくないというのが本心で、その狭間《はざま》で揺れていた。

ＤＪイベントを盛り上げるためのライブペインティングも手がけたけれど、それは参加者を気持ちよくさせるための演出。アートが消費されているようで、そこにいるのがわたしじゃなくても、誰でも同じではないかと思えた。

わたしが目指しているのは、もっと自分を掘り下げるような表現。薬物のある世界でしか自分を表現できないアーティストにはなりたくなかった。

自分と向き合ったり、真面目に専門学校に通って創作活動に努力したりすることは、わたしの大切な日常だったけれど、近くにいる人たちは「苦労なんてアホらしい。ドラッグやって忘れようぜ」と笑い飛ばした。

——苦しいことから逃げ出すために薬物をやる人たちと自分との間には、溝がある。

そう確信し始めると、仲間が薬物に狂っている光景がバカバカしく映った。

日を追うにつれ、一緒に盛り上がることができなくなっていった。

薬物のある世界との関わりを断ちたいと思っているのに、人間関係、男性関係、仕事、生活、すべてが整理されないままその世界の中で絡み合い、どこから解きほぐせばいいのかさえわからない。かといって、それらのつながりをすべて切ってしまう覚悟も、簡単にはもてなかった。アーティストとしての活動や作品、人脈は、すべてそのコミュニティの中にある気がしていた。

「ここを離れれば、積み重ねてきたすべてがゼロになる」

自分が本当にいたい場所じゃない。なのに、違う場所に行く方法がわからないし、場所を変えるのが怖い。本当は環境を変えたいのに、どうすれば変えられるのか、その術がわからず、流されていく――。

そんな自分が悔しくて、もがいていたけれど、格好の悪い自分の姿を、誰にも見せたくなかった。誰にも相談できないまま、仕事が終わると京都の夜の街に出かけ、行きつけのクラブでＤＪが流す音楽に合わせて踊る日々だった。

「あの時と一緒やん」

家族と暮らしていた時と同じ。何かが違うとわかっているのに、逃げられない。

一体わたしは何を求めているのか、本当にやりたいことは何か、わたしは自分の作品を通して何を伝えたいのか、完全に見失っていた。

せっかく自分の意識をしっかりもてるようになってきたのに、一方で、この環境はわたしをがんじがらめにする。

わたしは、混乱のただ中にいた。

「ホンマに大事な人たちなん？」

その日は、モヤモヤとした胸の塊がやけに主張しているように感じていた。薬物を好む人たちが多く集まるイベントに参加する予定で、仕事を終えたわたしはいつものクラブへと足を運んだ。

扉を開けて目の前に広がっていたのは、顔見知りの人たちがＤＪの音楽に合わせて体を揺らす、いつもの光景。いつもと同じはずなのに、どこか違っていた。

いつものようにキメて気持ちよくなっている仲間のひとりが、「ラブ＆ピース」とわたしに声をかける。

どうしても気分が乗らなくて、何言ってんだよ、何がラブ&ピースだと、冷静な自分がいたけれど、せっかく気持ちよくなっている人に醒《さ》めたテンションで返すのは申し訳なく、いつものように波長を合わせて応じた。その瞬間、どっと疲れが押し寄せた。

仲間の顔に目をやると、キメて気持ちよくなっているはずなのに、今にも泣き出しそうな複雑な表情だった。泣き出したいのを必死にこらえて、薬物で無理やり何かを忘れようとしているかのように。

ゆるく楽しい雰囲気の会場と、そこにいる人たちの複雑な表情があまりにミスマッチで、自分の気持ちがぐんぐん醒めていくのがわかった。

「まるで、あのころの自分だ」

振り返ってみれば、薬物をやっている仲間たちは、みんなよく似ていた。本当に気持ちよく、楽しくなりたくてやっているのではなく、「楽しい」と自分に思い込ませているようで、現実逃避の手段として薬物を使っているように見える。建設的でポジティブな目的で薬物を使っているようには思えなかった。

わたしは、自分に向き合いたくて、自分に矢印を向けて考え続けようとしているけれど、彼らは、向き合わずに忘れようとしている。

——彼らと今の自分は、違うのではないか。

そう思うと我慢できなくなり、わたしは早足で会場をあとにした。

自宅の前に着くと、あやちゃんの顔が浮かび、半ば混乱気味に電話をかけた。いつもＬＩＮＥでやりとりしているものだから、あやちゃんは夜遅い時間の突然のコールにびっくりしていたようだった。

「どうしたらいいか、わからんくて。今一緒にいる人たちと離れた方がいいのかなと思うけど、離れたら生きていけへん気もするし、今の日常から抜け出したいのに、抜け出せへん」

あやちゃんは、ウンウンと話を聞き、わたしに一つ、問いを投げた。

「今一緒にいる人たちは、ゆうちゃんにとってホンマに大事な人たちなん？」

「大事な……人？」

ハッとして、自分が原点に帰っていくような感覚がした。

そういえば。毎日必死で、日々流されて生きていて、自分にとって大事な人かどうかとか、そんな視点はもったことがなかった。

けれど一度きりの人生。せっかくならば、本当に大事な人たちと一緒に生きたいと、夜風に吹かれながら思った。

生きてきた世界の外側へ

2017年6月、21歳

「あやちゃん、今日電話できる?」

6月。LINEのメッセージを送り、わたしは大きく深呼吸した。

「何かあった?」

「うん、何かあった」

人生の一大決心。大事なことだから、電話で話したいと思っていた。アパレルショップの仕事を終えた夜に電話することを約束し、覚悟を決めた。

あやちゃんは、どんな反応をするだろう。どんな言葉をかけられるだろう。もし反対されたなら——。それを考えると不安もあった。

いい顔はしないかもしれない、と思ったけれど、とにかく伝えることに集中するだけだ。心を整え、仕事に向かった。

「あやちゃん、うち、引っ越すねん」

夜。新しい人生を歩む決意を報告した。

あやちゃんと一緒に講演を聴いた若者支援団体を頼りに、他県に移住することにした、という決意をざっくりと話すと、「おお、そっか。なんとなくそうなる気がしてたよ。いいと思う」とか、そんな反応だった。

あやちゃんは、新聞記者時代も、会社を辞めてからも、わたしが自分を取り戻すための右往左往に付き合ってくれた。気持ちを理解してもらえたことが、心強かった。

2週間ほど前、あやちゃんが誘ってくれた講演会。終わってから登壇者に挨拶をして、つながりができたのがきっかけだった。

あの日、講演会の帰り、ふたりでお寿司を食べながら、自分たちのこれからの生き方について話した。あやちゃんは、「思いきって京都を出るって手もあるな。離れるのは寂しいけど」と笑っていた。環境を変えるため、住み慣れた地を離れるという選択肢があることを教えてくれた。

あやちゃんとは、他愛のないことからドロドロした深い部分まで、LINEで対話し、頭に浮かぶことを言葉にした。支援者でも、先生でも、家族でも友達でもない第三者。サポートされたり、導かれたりすることもない。その関係性が楽だった。

わたしにとってのあやちゃんは、一般的な家庭で育ち、社会的に認められている仕事に就き、結婚して家庭をもっている子育て中のお母さん。物心ついた時からつながりをもちたいと思っていた「一般社会」を等身大で生きている人だった。

それまでのわたしは、真面目に生きることをよしとされている一般社会に背を向けたアンダーグラウンドの世界でしか、少数派の世界でしか、生きていけない人間なのだ――と、ずっとそう思ってきた。

児童養護施設は、自分にとっては閉ざされた世界。そこで暮らす児童や職員たちは、社会からは見放されているようで、その存在すら知られていなくて、「ここにいるよ」と声を上げても気づかれない。そんな児童養護施設と関わっていること自体が嫌で、施設の外の世界に関わりをもちたかった。自分の存在に気づいてほしくて、そのために、努力してきた。

施設との間に線を引きたくて、家出をした。「施設で育った子」ではなく、「結生」という個人に興味をもってほしくて、非行に走った。

けれど、いつも何かが違っていた。

忘れてほしくなくて存在感を示そうとすると、中には興味をもってくれる人もいた。

けれど、それは同じ社会に生きる一員としてではなく、「特異な存在」としての興味だった。ワイドショーやドラマを見るように、あるいは、「かわいそうな子の力になってあげたい」という慈悲の心で、わたしの生い立ちに耳を傾けた。

何をしても、わたしという人間は、「児童虐待・性的虐待を受けた子」「施設で育った子」「傷ついている子」「少年院を出た子」という特異な属性のベースの上に載せて見られた。わたし自身も、そのベースからしか「あっち側」を見ていなかったし、そのベースなしに「あっち側」の人と交われるイメージをもっていなかった。

何をしても一般社会には近づけないことが悲しかったし、何をしても、自分は「あっち側」には行けなかった。

取材を受けたその日は、初めて、「一般社会」につながれるかもしれないという光を見いだした日だった。わたしのことを、「虐待を受けた子」や「少年院を出た子」という目で見るのではなく、「特異な存在」としてではなく、まるで、すぐ隣で生きている友達か何かのように接してくる大人がいることを知った。わたしの特異な属性よりも、好きなものや趣味、人生哲学というような「人間としてのわたし」に興味、関心をもって話を聞いてくれたことが、新鮮だった。

「一般社会」に、わたしのことを属性で見ない大人がいることは衝撃で、勝手に抱いていた「一般社会の大人」のイメージとの間に大きなギャップが生まれた。

「もしかして、〝一般社会〟には、あやちゃんのような大人が他にもいるのかな。一般社会というものは、実は、自分がイメージしているような遠いものではないのかも」

混乱しつつも、その中に希望が見えた。

18歳で見えていた風景についてあやちゃんから質問された時には、わたしはこんなふうに表現していた。

「すぐ隣が社会なのに壁がある。トンネルの中を歩いていた」

イメージとして出てきたのは、トンネルの中でどんなに歩き続けても、出口にたどり着ける気がしない暗闇だ。薄い壁1枚を隔てたすぐそばに「一般社会」があり、「あっち側」の人たちが大勢歩いている。けれど自分は、決して壁の向こうに行くことはできない。永遠に「こっち側」で歩き続けている。時に全力で走るけれど、走っても走っても、壁は途切れず、出口は見えない。そんな感覚だ。

その壁とはなんなのか。本当に、トンネルには出口がないのか。本当に、壁の向こうに行くことはできないのか。壁を立てているのは、誰なのか——。

その答えがようやく、見えた気がした。

薬物がすぐ手の届くところにあるコミュニティ。一般社会を拒絶しているコミュニティ。そこには、本当の意味での自分の居場所がないことを、わたしは確信していた。本当に自分が生きたい世界はどこなのか。それを探すための足がかりを、心の片隅で探していた。

——環境を変える。ここではないどこかから、新しいスタートを切る。

慣れ親しんだこのコミュニティにとどまっている自分と決別することで、その一歩を踏み出すと決めた。自分が生きてきた世界の外側の世界を、自分の目で、自分の足で確かめるために。

お母さんという他人

「色のない世界からの脱却」。それはわたしにとって、両親と暮らしていたころからずっと自分に課していたテーマだった。

色は、自分自身を表現する上で特別大事なものなのだと思っている。いろいろな色、色と色との境界、そして、グラデーション。無数に種類があり、新しい色を自ら作ることもできて、変幻自在。混ぜても混ぜなくてもいいし、濃くしたり薄くしたり、組み合わせたり。色のことを考えているだけで気分が上がるし、色のある世界が大好きだ。

色へのこだわりを理解してくれて、やりたかったことを一緒に形にしてくれる人と出会ったのは、移住する半月ほど前のことだった。

大阪のクラブイベントに向かう途中、カメラマンを名乗る男性が、道端でわたしに声をかけてスナップ写真を撮ってくれた。

よく知らない相手に、どうして、自分の小さな夢について語ったのかよくわからないけれど、なんとなく、この人ならわたしの思いをわかってくれるかもしれないという気がした。

「死ぬまでにやりたいことがあって。素っ裸で、色まみれになりたい」

「へえ、じゃあ、それを写真で表現しようよ」

彼のフットワークは軽かった。

わたしの人生の軌跡を自分の体と色で表現し、それを彼が撮影して、共同作品を作ることになった。

撮影のためのカメラや反射板、本格的な機材を部屋に運び込み、広いバスルームを養生し、ペンキ缶を並べ、準備が終わると、わたしは一糸まとわぬ体になった。

裸になりたい、という思いには、エロとかそんな意味はない。自然に還るというか、自分を縛るものすべてから解放されたかった。

そして、大きな白い紙に体ごと包まれるところから、撮影が始まった。

首にぐるぐる巻かれたごつい鎖。紙を剝がし、鎖を解き、顔面と体に、順番に、大胆に、ペンキで色をのせていく。青。紫。黄色。赤。黄緑。

エンディングに近づくと、何色ものペンキにまみれた裸体をさらす。

自分の身体を使って表現する「人生」。言葉にならない魂をかたちにする作業だ。カメラマンと一緒に作り上げる試みに、気持ちは高揚していた。

白い紙でくるまれた空間は、お母さんのおなかの中。鎖は、「逃げられない」という心情。青は、孤独。紫は、疑いや葛藤。黄色は、きっかけ。赤は、闘う意志。黄緑は、居場所……。

感情をなくし、自分をなくしていた幼少期から、少しずつ感情が生まれ、怒りが生まれ、自分自身と取り巻く世界が彩り豊かなものになっていくまでの物語。自分の人生の軌跡を、色でイメージしながら振り返った。

寂しさ、喜び、悲しみ、憎しみ、怒り、安堵。どの感情も、大切なものだ。幼い自分に意識を戻し、感情や感覚を思い起こし、あふれてくるままに、自由に表現した。体中にエネルギーが満ち、自分の内側の何かが浄化されていくのを感じていた。

誰に見せるものでもないけれど、自分の記録として残しておきたかった。

架空の母娘関係を作り出す

わたしにとって、お母さんの存在は大きかった。お母さんに対する感情は、常に変化し続けてきた。

一緒に生活する前は、よくわからない存在。暮らし始めたころに生まれたのは、照れくささや戸惑い。そして、一緒に家事をして、認められるうれしさに目覚めた。暴力が始まると、恐れる存在に。施設に戻ったばかりのころは、怒りに満ち、「人生を狂わせたやつ」へと変化した。

中・高生の時は、頻繁に連絡を取り、母娘っぽいことを楽しんだ。一緒にプリクラを撮り、受験合格のお守りをもらい、施設職員にも自慢していた。けれど、今思うとそれは本心の喜びではなかった。無理にでもお母さんの存在を正当化しようとしていた、という感じだ。

お母さんとの関係を肯定したかった。というよりも、おそらく、肯定しないと自分を保つことができなかったのだ。そこにあったのは、自分自身が作り出した架空の母娘関係だった。

「実父からは守ってくれたのに、アイツの時はどうして守ってくれなかったのか」

本当の生い立ちを知ってからは、ずっと引っかかっていた。

わたしとアイツどっちが大切なのか、という思いに悩まされたけれど、お母さんの「離婚しない」決意を知ってからは、その思いから解放された気がした。生きていくためにアイツを選ばざるをえないというお母さんの弱さがあったのだと納得したけれど、「あなたはそれで幸せですか？」と聞きたかった。

泰良と暮らしていたころ、アイツと離婚したお母さんは、新しいパートナーと一緒に一度だけわたしに会いに来てくれた。

誕生日プレゼントに、わたしが欲しかったミュージックプレイヤーを贈ってくれて、3人でパンをたくさん食べられるレストランに行った。クロワッサンがおいしくて、みんなたくさんおかわりした。

クロワッサンには毎回バターが付いてきて、お母さんとパートナーとわたしの3人で、「こんなにバターいらんよな」と顔を見合わせて笑った。

お母さんの表情は、アイツといたころとはずいぶん違っていた。卑屈さが消え、穏やかでのびのびしているように見えた。まるで、長い間閉じ込められていたところから解放されたかのようだった。

パートナーが運転する車の助手席にお母さんが乗り、わたしは後ろの席に座っていた。レストランに着くと、一緒に駐車場に駐めて、ふたりが一緒に店に入って行く。その光景は新鮮だった。

3人で暮らしていた時はいつもお母さんが運転手で、店に着くと先にアイツが降りて、お母さんがひとりで駐車場に車を駐めていた。店が混んでいる時は、お母さんがウエイティングボードに名前を書き、お母さんだけが並んでいた。

パートナーとの関係はとても自然で、日常を垣間見た気がした。「この人が新しいお父さんだよ」とわざわざ紹介されることもなく、お母さんたちは自分とは違う人生を生きていく人たちなんだなと、気持ちの整理ができた。

「よかったね」

心の中でわたしはつぶやいた。

アイツといるお母さんは、明らかに自然体ではなかった。気を遣い、いつも言うことを聞いていた。アイツのことを「この人しかいない。この人がいないと生きていけない」と思い込んでいるように見えた。

お母さんの気持ちに思いを馳《は》せると、「知っている」感覚がした。泰良と一緒にいる時に、自分自身が抱いていた感覚だ。「離れられない」と一方的に思い込んでいる関係性。一緒にいるように要求されるのに、一緒にいても自分のことを尊重されていると感じることができなかった。

どんなに疲れていても、疲れている表情を見せることは許されない。「笑え」「楽しそうにしろ」と命令され、言うことを聞かなければ機嫌が悪くなる。それが怖くて、無理やり笑う。支配されているような感覚で苦しいのに、「逃げる」という選択肢すら思い浮かばない、あの関係性。

そんな男女関係の間に、もし子どもがいたとしたら——。自分ひとりでも必死なのに、想像がつかなかった。

お母さんも苦労人で、愛情に飢えた人だった。病気で早くに母親を亡くし、父子家庭で育っていて、小学生の時から家事をして友達と遊ぶ時間もなかったと、一緒に暮らしていた時に話してくれた。

あのころは、遠回しに、「だからあんたも頑張りなさい」と言われているみたいに感じてプレッシャーだったけれど、今思えば、お母さんもわたしをどう育てればいいのかわからなかったのかもしれない。「家族」への理想があって、自分が幼い時に手に入れられなかった家族を作り直そうとしていたのに、経験がないからうまくいかなかったのかもしれない。

もし、別の家族と交流があったなら、別の家族の形が見えていたら、違ったのかもしれない。

お母さんは家事も仕事もなんでもできて、頭がよくて気遣いもできて、お金の管理もしっかりできて、とても魅力的な女性だ。一緒に暮らしている時は料理を教えてくれて、機嫌のいい時は楽しい話をしてくれた。お母さんが切り盛りする飲食店をのぞいた時には、そのテキパキと働く姿がめちゃくちゃかっこよくて憧れた。

「アイツがいなくても、きっと生きていける。やっとそれに気づいたんやね、その時が来たんやね」

そんな気持ちだった。

たくさんの色にまみれた自分

感情のない、色のない真っ白の自分から、感情豊かな自分へ――。負の感情も、ドロドロとした感情もすべてを包み込み、受け入れることで生まれた彩り豊かな今の自分が、真っ白できれいなだけの自分よりも好きだ。今ならそう胸を張って言える。

混乱のただ中にいる自分も、頑張ろうとしているのに頑張れないダメダメな自分も、泣きたくなるような自分も、足踏みしている自分も、強がっている自分も、失敗ばかり続けている自分も、すべてが自分自身で、愛おしい。

少年院に入る前も、少年院を出てからも、不都合なことがある時、何か社会的によくないとされることをする時に、いつもお母さんとのことを引っ張り出していた。本当は関係ないことがほとんどなのに、理由づけをしていた。

自分を納得させるために、自分の人生に無理やりお母さんとの関係を意味づけて、自分の行為を正当化していたのだ。

自分の弱さを受け入れられてくると、他人の弱さを許せるようになってくる。自分の感情を整理することと、親の心理や親との関係性を考えてみることは、別のことのように思えるけれど実はつながっているのだ。知恵さんやあやちゃんと出会って、もがきながらも自分の人生に真剣に向き合い、自分のすべてを受け入れられるようになって、「最近はお母さんのことを思い出さなくなった」と気づいた。

今、わたしの人生の文脈にあるのは、「わたしとお母さんの人生」ではない。「わたしの人生」と「お母さんの人生」。そんなふうに分けて考えられるようになって、お母さんは他人だと区切れた時点から、悩むことがなくなったのかもしれない。

バスルームで色まみれになり、お母さんへの思いの変化を全身で表現しながら、「わたしは、わたしの人生を生きる」と心の中で宣言していた。

反面教師として生きているようでもあり、お母さんの人生をたどっているようでもある。失敗したり、苦しんだり、人生の経験を積むごとに、お母さんの気持ちが自分の中にストンと落ちる頻度が増える。

「お母さんの人生、これからも波瀾万丈《はらんばんじょう》だと思うけど幸せであってほしい」と願っている自分がいる。

3年間一緒に暮らしていた時、お母さんはどういう気持ちだったのか。今、真実を知りたいと思う。母娘という関係性を超えて、お母さんというひとりの女性の生き様に触れたいと思う。

「自分が手を上げてしまった子」という、過去に引きずられた目線ではなく、別の人生を生きているひとりの人間として、新しい関係性で話してほしい。「責められる」とか、「過去を探られる」とか、もしかしたら娘に対してそんな後ろめたさがあるかもしれないけれど、わたしの気持ちは、そういう次元とはまったく違う。

もし、お母さんが話そうと決意してくれるなら、何を聞いても受け入れられるだろう。話の中身ではなく、わたしに真実を話そうと思ってくれた事実が、うれしいから。

いつか、お母さんと本音の話ができる日が、来るだろうか。

「あっち側」の彼女

2017年6月、21歳

関西国際空港のロビーから見る飛行場の景色は、夏の兆しを思わせる太陽がきらめいて眩《まぶ》しかった。

これまで仲良くしていたほとんどの人たちに告げずに飛ぶと決め、大急ぎで進めてきた移住計画。フェイスブックやインスタグラムのアカウントを一新して、京都にいたころの自分や仲間たちに心の中で別れを告げた。

「言わずに行こう」と決めていたのは、他人の意見に左右されたくなかったからだ。言えば引き止められるかもしれない人には、言う必要がないと思っていた。「自分で決めた」ということをちゃんと実感しながら飛び立ちたかった。

ひとりでひっそりと足を踏み入れた先には、新しい暮らしが待っている。そのイメージが自分の中に充満して、気分が上がった。

京都駅から関空特急はるかに一緒に乗って空港まで見送りに来てくれたあやちゃんは、餞別《せんべつ》に真っ赤なミニサボテンをくれた。きっといろいろあるだろうけれど、このサボテンがいつも見守ってくれるんだろうと思うと心強かった。

「あやちゃん、お見送り、ありがとう」

旅立ちの瞬間に立ち会ってくれた人に大きく手を振りながら、ゲートをくぐる。振り返って再び大きく手を振ると、あやちゃんはさらに大きく手を振り返してくれた。

いざ――。これから始まる暮らしには、期待しかなかった。

あやちゃんへ

ここに来て1カ月が経ったわ。仕事も決まって生活も少しずつ落ち着いてきたし、こうやって手紙書いてみてます。

あやちゃんもどんどん新しい道開けてきてる感じするな。

お互いにずっこけながら足踏みしながら、でも確実に変わってきてる。

あやちゃんからの報告も待ってるしってことで、結生のこれまでを振り返りながら近況報告していくな~(後で読み返したら一人言みたいだったけど笑)。

京都に居た時から使ってるスケジュール帳を覗くとさ、専門学校卒業前には既に立てられてた夏のフェスの予定が書き込まれてて、その本当なら遊びに行ってた筈の予定を眺めてるとなんだか自分ではない他の誰かの人生を覗き込んでるような感覚になったりするねん。

「あっち側」って言い方今までにしてきたことあったけど、自分の選んだ道でさえもそうやって、どこか遠い世界の物語かのように感じてしまってる自分がいるねん。でも実際ここに来ただけで世界が変わってしまうわけじゃないし、その「あっち」とか「こっち」とかっていうのはあくまでも自分のココロの中の境界線であって、壁、なんだよな。

結生っていう人間は確かにここに立っていて、数え切れないほどの人との出会いがあって今も色んな形で繋がって生きているわけだけど、そのココロの中に引かれた境界線があるってだけで、今立っているのが寂しく暗く果てしなく長いトンネル(孤独)のように感じてしまうんやろうな。

その自分で引いてきたかもしれない境界線について考えてみてた時にふと思い出した言葉があって。それっていうのが、うちがここ数年大切にしてきてた「〝少数派〟に生きる」って言葉。どこかで目にしたのか、自分でそう思い始めたのか記憶は曖昧なんやけど。結生にとって少数派に生きるっていうのは施設育ちっていうことだったり、セクシャルなことだったり。そういった、人との価値観の違いから自分の居場所は少ないように感じることが多かった、これまで。自分の生き方を誇る気持ちに、どこか諦めの気持ちがあったような気がするねん。

それは〝うん、これでいいんだ〟って前向きな意志と、〝そう、これでいいんだ〟って自分に言い聞かせるような諦めの気持ちみたいなもの。そんな少数派にこだわった生き方はただ息苦しいし、そもそもそれは結果として少数なのかもしれないだけであって追い求めるものではないのよなあ。

息苦しいに変わりなくとも、これまで居場所ではないと感じてきた「〝多数派〟な環境」であっても生きていける自分になりたいって、あやちゃんと出会ってからそこんところ大きく変わったところだと思う。人に合わせて生きていける自分ではなくて、人に関心を持ち続けられる自分でいたいってことな。言ってみればうちが今まで思ってきた多数派っていうのは〝あっち側〟の世界のことじゃん。

あやちゃんは、あっち側とこっち側を繋いでくれた大人……というよりかは、あっち側もこっち側もどちらの世界も作り出してるのは自分自身ということに気付かせてくれた人、かな。ただお互いの感じたままに話していても、心に問いかけてくれているのを感じる。そんなのあやちゃんは無意識なんだろうけどね(笑)。

初め会った時、なんであんなに惹かれたのかなって、今この手紙書きながら分かってきた。自分の勝手な記者のイメージとのギャップは勿論なんだけど、あやちゃんの、1人の人を、知りたいってぐいぐい掘り下げてく姿勢に興味が湧いたんよなあ。なんでそんなに人の人生に興味湧くんだろうっていう興味。

人と真剣に付き合っていくってどういうことか、なんとなくこの人との関係性の中で探っていけるんじゃないかって期待があったんじゃないかなあ。

人と真剣に付き合うには、人に真剣に向き合ってる人に学ぶしかないし、真剣に向き合おうとするなら、同時に自分自身とも向き合えないと本当に前には進めへん。

これまではさ、話を聞いてくれるただそれだけでいいって気持ちだった。相手は誰でもよくて、その人の意見を聞きたいわけじゃなかったし、むしろ何も言わないで欲しかった。でも今それが少しずつ変わってきて、会話できるってことがすごいうれしいねん。受け止めて欲しくて話すことはほとんどしなくなったかも。そういう意味でもあやちゃんの存在はかなり大きいんやで。

受け止めてくれるから話す、受け止めてくれそうにないから話さない、じゃないんよな。既に私自身の存在、そのものを受け止めてくれているから、同じ〝話す〟でも、そこにはしっかり相手が存在していて、決して誰でもいいなんてことがない。

そう思うとさ、愛を知りたくて人と真剣に付き合うことがどういうことか探ってきたけど、人と真剣に付き合うことを探り始めているところから既に、愛は生まれてるのかもしれへんなあ。

あやちゃんとはこれからも、互いにあーだーこーだ言い合える仲でいたい。そんな相手がいてくれる、ただそれだけで幸せです。相手を知ることで自分を知れるっていうんだから、これからもお互い探り合って自分磨いていきましょ～。

P.S. 成人式用にカルーナで撮ってもらった振袖の写真贈ります。受け取ってほしい！

あやちゃんとの出会いに感謝です。これからもヨロシク！

ゆうき

失敗を許してくれる人

2018年2月、21歳

出会って何年も経ってから、その人の存在の大きさに気づくことがある。

わたしには、心境の変化があった時、ふと連絡を取りたくなる大事な人がいる。出会ってから数えればもう10年になるけれど、本当の意味で「大事な人」である実感をもつようになったのは、実はわりと最近のことだ。

転職する時、調子が悪くて病院に行った時、不安定になった時、その都度連絡をして、うまくいってる時もこけてる時も、知ってくれている人。

新天地に来て最初にフェイスブックでメッセージを送ったのは、住むところが落ち着いた時。「新しい環境で再スタートしようと思っている」ということを伝えるためだった。

次に連絡をしたのは、将来の仕事や生き方について、なんとなく考えていたことを聞いてほしい衝動に駆られた時。「久しぶり〜」「お！　久しぶり！」から始まった会話だったけれど、自分の正直な思いをすんなり伝えられて、働くことの意味や教育、福祉のことを教えてもらって、自分にとってやっぱり必要な人なんだとあらためて思った時間だった。

その人は、入所していた児童養護施設の施設長「ひのっち」こと桧原《ひのはら》俊也さん。出会ったころはまだ職員のひとりで、わたしの担当でもなく、時々顔を合わせる程度の人だった。少しずつ関わりが増えて、激しく荒れていたころは、警察まで引き受けに来てくれたり、万引きをしたお店に謝ってくれたりしていた。

あのころのわたしは気持ちがすさんでいて、施設がうっとうしくてしようがなくて、ひのっちにも、担当職員の森下さんにもきつく当たりまくっていた。大事な人、なんていう感覚もなくて、よくわからなくて、自分のことで精いっぱいだった。

——この人とは、ずっと距離感が同じ。

そのことに気がついたのは、少年院に入ってからだ。

少年院にいるわたしに手紙を送ってきてくれて、前向きに頑張っていることや、高卒認定試験を受けたいと思っていることを綴って返したら、返事をくれた。

「頑張ろうとしていること、うれしく読ませてもらいました。次のステップに必要なお金と書類を用意します」

熱くなりすぎず、淡々と、でも温かい言葉で、わたしを励ましてくれた。

あんなに荒れて、何度も家出をして、迷惑をかけて、とうとう少年院にまで入ってしまったのに、それでも、わたしとの距離感は変わらない。見放さないでいてくれたことが意外で、正直びっくりした。

少年院を出て専門学校に進学してからは、作品の発表を見に来てくれた。

ここに来て、支援団体の手を離れてひとりで部屋を借りる時には、保証人になってくれた。

落ち込んでいる時にメッセージを送ると、しっかり受け止めてくれて、「落ち込んでるのも前を向くためやで」と、さりげなく励ましてくれる。

こけても、失敗しても、受け止めてくれるのが心強い。また次、こけても何度失敗しても、ちゃんと受け止めてくれる人がいるから挑戦しても大丈夫だと思える。

施設で一緒にいる時には、失敗を知られたくなくて、うまくやっているように見られたくて、ずっと見栄を張っていた。けれど、たぶん、取り繕っていることはとっくの昔に見破られていて、心の中も見透かされていたのかもしれないと思う。

ひのっちがくれるメッセージはいつも、遠すぎず近すぎず。「自分がなんとかしてあげよう」という意気込みもなく、どんなわたしでもさらけ出せる。その安心感が、半端ない。

いつも同じ距離にいてくれる人の存在がいかに心強いかを教えてくれた人。何かあった時には頼れるけれど、頼りすぎず、自分なりに頑張って挑戦して生きていくことを後押ししてくれて、見守ってくれる。

２０１８年２月。「自分の生き方考えてて、福祉の勉強をしようかなと思って」と、つぶやきのような、相談のような、なんとなく思ったことを書いたメッセージに、ひのっちはとても丁寧に返信してくれて、自分が福祉の道を志した思いを語ってくれた。

そして、最後にこんなエールをくれた。

「結生とのやりとりからも、いっぱい課題やパワーやヒントをもらえてる。それぞれの場で、また頑張りましょう」

それぞれの場で、という言葉選びがひのっちらしい。いつも、支援者としての立ち位置ではないのだ。

そして、「頑張ってね」ではなく「頑張りましょう」であるところも、好きだ。自分も自分のことを頑張るから、一緒に頑張ろうというスタンスが見えてくる。

ひのっちからのエールをしっかりと受け取り、わたしは、この地で次のステージへと移る決意を固めていた。

結生へのまなざし3――児童養護施設長　桧原俊也

つながり続けるということ

　京都府内の児童養護施設で施設長を務める桧原のスマートフォンに、結生から他府県に移住したという知らせが届いたのは、２０１７年の夏だった。

「新しい環境で再スタートしようと思ってる！」

　再出発で忙しくしている中で自分のことを思い出して連絡をくれたことに、桧原は喜びを感じていた。


　結生との出会いは、桧原が児童養護施設で職員として働きだして5年ほどが経ったころ。

　結生は、人をじっと観察し、顔色をうかがい、大人の本音を探って見抜く少女だった。大人がどんな機嫌で、どんな様子で、何を思っているのか。施設に来る多くの子たちが、観察することを生きる術として身につけているが、結生もその点では同じだった。

能力が高く、勉強も音楽もスポーツも、何をやってもすぐにできるけれど、失敗を怖がり、安心して人とつながれない感覚が結生の中にはあるようだった。

そして、落ち着いている時も、崩れて荒れている時も、どこまでもピュアだった。

桧原の中で、結生自身の印象はずっと変わらない。いろいろなことがあり、世の中の表から裏まで、汚いところを全部見てきたくらいの経験を積み重ねながら、どうすればあの純粋さが保てるのか、ずっと不思議に思っている。

多くの大人が、知らなくても知ってるような顔をしていたり、いまさら聞くことに照れがあったりすることを、まっすぐ「どうなの?」と問える。物事をいつも新鮮に捉える結生を見ていると、気持ちがいい。純粋に「感じる力」があって、純粋にそれを「表現する力」がある。それが結生の魅力で、人を惹きつけるのだろうと、桧原は思う。

施設職員と子どもたちの関係作りは、簡単ではない。だが、桧原には、自分自身が心がけていること、そして、職員や実習生に伝えていることがある。

施設職員としてよりも、まず「人として」どう向き合うのか、よく考えることの大切さだ。

「子どもたちにとっては、実習生だからとか、職員だからとか、非常勤だからとか、そんなことはどうでもいい。あなたたちがこの場に入る時に『ひとりの大人』としてどんな姿を見せるのか。そこを、子どもたちはよく見ているよ」

子どもたちは敏感で、守る責任があるから心配しているだけなのか、役割で関わろうとしている人なのか、形だけで言おうとしている人なのか、どうつながろうとしている人なのか、本当にシビアに見ている。職員が見ている感覚とは、別次元での感覚で見ている。

「実習で来ている自分たちは恵まれて育っている。こんな自分たちに何ができるのか」「どんなことを言っていいのか、傷つけはしないか」「自分の家族のことを話していいのか」と悩み、涙する実習生もいる。そんな時、桧原はこう言う。

「あなたの生い立ちが、もしかしたら子どもたちのモデルになるかもしれない。できないことは『できない』、わからないことは『わからない』とちゃんと伝えてください。ひとりの『あなた』という大人として、そのままでいてください」

担当をもった職員は、「自分が、この子をなんとかする」と熱くなりがちだが、どの大人に心を許すのか、それぞれの大人とどうつながるのかを選ぶのは子どもたちだ。大人の側がどれだけ熱くなっても、子どもは心を開かないどころか、逆に負担にさえなりうる。

「わが子のように」という言い方をする職員には、むしろ「わが子じゃないことを意識しよう」と声かけをする。距離をあけるという意味ではなく、その逆だ。親子というのは、施設職員が思う以上に、目に見えない絶対的な柱があるけれど、施設職員は、子どもの方からすれば大きな距離がある。

だからこそ、安易に「わが子のように」と言わず、親子じゃない、目に見えない柱がない状態から、時間をかけてないものを作り出してつながりをもつことの必要性を感じている。

心がけているのは、「力の関係作り」をしない、ということ。「怖さ」で言うことを聞かせる「力の指導」は即効性があり、期間限定で結果を出さなければならない学校現場などでは、行われることがある。だが、社会的養護の現場でやれば、家庭の再現になるのではないか――と桧原は思う。

施設のモットーは、「叱る時こそ小声で」。1回言ってダメなら10回、100回言う。怖さじゃない中でしっかり本物になっていくためには時間がかかる。

大人がそれをやり続けるのはとても難しく、一貫性がなくなってしまったり、言い続けることをあきらめてしまったりするけれど、何年も言い続けて伝わることもある。10年先にそれが伝わるのか、20年先なのかわからないけれど、信じてやり続けるしかない。それが寄り添うということだろうと桧原は考えている。

またつながれる存在に

結生へのスタンスとして桧原が大切にしていたのは、何も言わず、ただ一緒の時間を過ごす、ということだった。

非行に走り、荒れて施設を飛び出すことも多かった結生。施設に帰りたがらず、延々と施設の周りをうろうろしていた時には、ただ、後ろを歩き続けた。うっとうしがられても、「とりあえずついて行かせて」と言いながら、淡々とそばにいた。

そばにいようと思っても不可能なくらい、外の世界に飛び出てしまった時もあった。触法行為を繰り返し、そのたびに引き受けに行った。窃盗や万引きをした時は謝りに行き、帰りに一緒に歩き続けながら、触法行為をさせてしまったことを悔いた。盗んでしまった商品は売り物にならないため、返すこともできず、今も財布の中には、ショッピングモールで結生が万引きしたピアスが入っている。「止めてあげられなかった」という思いを忘れないように、「もっと、子どもたちとちゃんとつながっておこう」という自戒を込めて、持ち続けている。

結生が少年院に行くことになった時、その先の結生の人生に不安や心配がなかったといえば嘘になる。ただ、入っている間も、出てきた後も、ずっとつながり続ける、という気持ちだけははっきりしていた。

中・高生時代の結生は尖っていて、過剰に自分をアピールしていたけれど、それは、結生のもつ不安感や恐怖心に対しての、彼女なりの一生懸命の抵抗や確認だったのではないかと、桧原は思う。

親にされたことは嫌だけれど、親とつながりを断つのも嫌で、「この距離であればつながっていられる」というところを探りながら生きていた。傷つきながら何度も何度も親とつながる方法を試し、探り、願い、また傷つき、そうやって距離感を測っているように見えた。

時間をかけて少しずつ、いろいろな人とつながり、結生の中の不安や恐怖が一つひとつ取れていき、前に進んでいる。そんなふうに、桧原の目には映る。結生自身は何も変わらないけれど、経験の中で見えているものが変わってきたことで、結生のしたいことや人生の方向性が変化している、と思うのだ。

結生が施設にいたころから、「自分でやれる力」ではなく、「頼れる力」をつけられるようにと、桧原は心がけてきた。そんな中でも彼女は、誰にも頼らず生きようともがいていたけれど、退所して何年もしてようやく、「頼っていい人」になれたなら、うれしい。

次はいつ話せるのかわからないし、もしかしたら、ポンと距離があく時があるかもしれない。自分の前から存在を消したい時期もあるかもしれないと、桧原は思う。それでも、何かあった時には、またつながれればいい。

施設に来るまでは、人を信じるとか頼るということに不安感や諦めをもっている子が多いけれど、ここでは、頼っていいし、失敗していい。つながっていていい場所があって、つながっていていい人がいるよという思いで送り出そうと思っている。

卒園生たちの中には、何年も連絡がなく、やっときたと思ったら、逮捕されて「連絡を取りたいところ」として名前を出してくれたからだった、ということもある。桧原は、それでもうれしい。頼れる力さえもってくれていれば、本当に必要な時に頼ってくれると信じている。

京都を離れた結生は、何か変化があった時、思い立ったように桧原に連絡をくれる。

結生が京都に帰って来た時は、移動手段がなさそうだと知って空港まで迎えに行き、結生は久しぶりに施設の部屋で一晩を過ごした。「迎えに来てほしい」と頼まれたわけでもなく、「結生が困ってるから、僕が助けなきゃ」「ここが、結生の帰ってくる場所だ」というような、何か特別な感じがあったわけでもない。

「泊まるとこないんやったら、泊まるか?」

桧原がたずねると、結生は「うん」と頷いた。

結生とのつながり方はそんな感じのスタンスで、この先もきっと変わらない。

社会の一員たる自分を許せた日

2018年春、22歳

大学生として社会福祉を学ぶ。そんな日が来るなんて、10代のころは想像もしていなかった。

新しい地で迎えた最初の春、わたしは、一般就労しながら通信制大学に入学した。ずっとわたしを悩ませてきた「社会」というものを理解したくて、社会の構造、仕組みを知り、自分にできることを考えたいと思ったからだ。

この社会は相変わらずわかりにくく、世の中がどうなっているのか、どういう仕組みで成り立っていて、どう動いているのか、まだピンとこない。ここに来る前よりは、いろいろな立場の人の目線で捉えられるようになったけれど、社会が変だなという感覚は、今も根底にある。

社会には、政治的な、何か大きな力が働いていて、それに太刀打ちできない弱い私たち、みたいな構造があるのを感じている。「これは人としてよくない」と、自分の感覚では当たり前に思うことが、たくさん、社会でまかり通っている。

スタッフとして携わった学習支援の現場では、一人ひとりの子どものケアよりも、進学率などの数字や目に見える結果が重視される現実を知った。数字を出さなければ、支援に必要な補助金や助成金が下りなかったり、事業を受託できなかったりするからだ。成績を上げる以前に、もっと大事にしなければならないものがあるはずなのに、取り組むことが許されなくてもどかしかった。

同じような境遇で育った自分だからわかること、自分だからできることがあると何度も思ったけれど、数字を出す方法ばかりが話し合われる会議では、うまく言葉にできなかった。

もやっとした気持ちは、なかなか拭いきれないけれど、それでも、社会の秩序というものがある事実は、受け入れられるようになってきた。

秩序——。例えば、信号を守るとか、お金でものを買うとか、ゴミ捨ての曜日を守るとか、小さなルールにもすべて意味があって、それをみんなが守ることで、ルールが機能する。ルールを守ることで自分も守られる。秩序を守る意味が理解できるようになってきた。

どうしてだろう――と振り返り、思う。

周りの人の行動が自分を動かし、自分の行動が周りの人を動かしていることがわかったから。自分と社会が無関係ではないとわかったから。自分が何をするかで誰にどんな影響を与えることになるのかということを、広く考えられるようになったから。

そして、人に優しくされると自分も優しくなれることを知った。

作品の先に「人」がいる

ここに来て一つ大きく変わったことといえば、アーティストとしての活動のスタンスだ。福祉系のＮＰＯ法人や学習支援の現場、アパレル会社などで働いて、そういう主な収入源になる仕事とは別に、ライフワークで絵を描いている。けれど、アートを通して見える景色が以前と変化しているように思えるから不思議だ。

働きながら、学生をしながら、続けている表現活動へのモチベーションは、京都にいたころも今も変わらない。なのに、薬物のある世界にいる人たちを意識していた時の表現と、薬物と断絶した生活を送りながら描いている表現は、まるで違う。

イーゼルを立てる位置は、部屋のどこにいてもよく見える場所。ご飯を食べる時も、福祉の勉強をする時も、どんな時もその時に描いている作品が目に入るようにして、日常生活と絵を描く作業を行ったり来たりする。

その横には作業用の机、床にはブルーシート、そして絵の具と鉛筆を置いて、思い立った時に筆をとる。

「今ここに赤を入れたい」と思ったら、その瞬間に他の作業をいったん置いて絵に向かう。作品のことばかり考えていると出てこなくて、日常生活の中で少しずつ創り上げていくのがわたしのスタイルだ。

ここでの最初の作品は、知り合いから頼まれて描いたB2サイズのアクリル画。好きな色を聞き取り、今の悩みや考えていることについて語ってもらい、彼女の世界観を大切にしながら、わたしなりのメッセージを込めてわたしの感性で表現した。お互いの世界観を確認して一緒に深めていく共同作業のようで、人と関わることで自分の表現の可能性が広がった気がして新鮮だった。

京都にいる時は、インスピレーションのままの自己表現が自分の持ち味だと、ずっと思っていた。自分がそうしたいからする。自分がこの色を使いたいから使う。独り善がりで、そこには他人の存在などなかった。

けれど今、目の前にある自分の作品には、受け取る人の存在がある。「なんのために絵を描くのか」という問いの先に、人がいる。その絵があることで、受け取る人の暮しはどうなるのか。その絵がある空間には、どんな人がどう関わっていくのか。常に、届ける相手を思って絵を描く自分がいる。

きっとそれは、「自分は、人と一緒に生きている」という実感があるから変わってきた表現だ、と思う。気がつけば、「誰かのために、創作を通して何ができるのか」ということを考えていた。

京都にいる時は、「自分はアーティストだ」と思いたかった。名刺を刷り、ホームページを整えて、人とつながって宣伝しないと活動できない気がしていた。絵を描いている人だと見られたかった。絵を描くことにアイデンティティを見いだしたかった。ある意味で、絵を描いている人に見られることが目的化していた。

性にしか生きる道がないと思っていた気持ちと、よく似ている。要は「自分の拠り所」が欲しかったのだ。自分の存在を肯定したい、承認欲求のようなものがそこにある気がした。

ここに来てからは、絵を描くことは生活の一部になった。アーティストだと自ら言う必要もない。何かもっと自然体で、食べるための仕事があり、福祉の勉強があり、日々の暮らしがあり、そして絵を描く時間もある。

アーティストの自分も、アーティストじゃない自分も、ちゃんと自分だと思える。社会の中で生きている、ということをようやく少し認められるようになった。

一般社会に関わることのない、薬物ありきのコミュニティの中で手がけていた表現には、一般社会で生きる人たちへのまなざしはなかった。だから当然、一般社会の中で生きている人たちの心には届かない、ということを、一般社会の中にアイデンティティをおいて初めて知った。薬物を賛美し、その世界観を表すような、社会に背を向けた表現は多くの人には届かないし、共感も生まれないのだと。

忘れていた気がするけれど、人を思いやる心が本当は自分にもあったはずだ、と少しずつ思い返すようになった。わたしはもともと人が好きで、人との関わりを大切にしてきたはずだった。

同じ価値観をもつ人たちとしか交わらない、「俺ら」という言葉で一括りにされる狭い世界から飛び出して、「わたしは、わたしだ」と主張することで原点に戻っていく感覚が、自分の中に広がっている。

あえてひとりになるという選択は、やっぱり間違っていなかったのだ。

線を引くことはゴールか

あやちゃんと出会って、「あっち」と「こっち」を意識し始めたころに受けた専門学校のデッサンの授業で、先生が「線」についての大事な考え方を示してくれたことを思い出す。

「こんな線、本当はないんやけどね。境界線なんてどこにもない。たとえば『顔を描いて』と言ったら、まず輪郭をとろうとするでしょ。それはあくまでも描くために（便宜的に）必要な線。だけど現実世界では、どこにどんな線を引けば目の前にいるその人自身を（正しく）捉えることができる？」

人の顔や体には線ではなく凹凸があって立体的なのに、線だけでその人を表現することなどできるのか——という問いかけだった。考えてみれば、線だけで人を捉えることなどできないのは当たり前なのに、その言葉に衝撃を受けたのだった。

わたしは、目の前の人を形づくる凹凸やそれによって生まれる陰影を見ようとせず、線で描くだけでわかったつもりになっていた。人との関わりにおいても、常にそうだった。そんな自分自身の生き方を、問われているような気がしたのだ。

先生が言った、人や物の輪郭を捉える時に使う線の話を思い出しながら、わたしは、あやちゃんと話した「あっちとこっちの境界線」について考えていた。それらの線は、種類は違うけれど、わたしはどちらもゴールとして使っていた。線を引くところからスタートなのに、目的化し、「その先」があることに気づいていなかった。

苦しかった時期、わたしは人と出会うたびに、相手と自分との間に線を引いていた。距離を置きたい誰かとの間に引けば、属性や育った環境の違いを直視しなくて済み、自分と相手の世界を切り離すことができて楽になれた。自分の周りにたくさん線を引くことで自分を保ち、「これでよし。これで生きればいい」と思っていた。

けれど、線を引いている中であやちゃんと出会い、対話を重ねながら、引いた線を一つずつ取り除いていくと、最後に「わたし」という人間性が残る感覚がわかった。それは大きな発見だった。

線は、目の前の人や社会を深く捉えるための、自分の原点を見つめるための最初のツールとして使えばいい。線を引いたところから出発すればいいのだ。

「一般社会」で生きるということ

子どもは、大人に教え込まれることが普通である。少年院に入るまでは、ずっとそう思っていた。

「決まっているから」という言葉を吐く大人たちの信念は、まるで見えなかった。決まっていることを決まっているまま、教えるだけ。どうして、という疑問に答えてはくれなかった。

大人だって、子どもから見ればおかしなことや、人を傷つけるようなことをいっぱいしている。矛盾だらけなのに、自分たちのことを正当化する。何が正しくて何が間違っているのか、正直わからない。「正しさ」を追求する教育を受けてきたけれど、では正しさの基準は誰が決めたのか。

みんな、疑問も抱かずにレールに乗っていく。ただ年を重ねていく。そんな生き方をよいと思えない人間でさえも、同じようにたどるしかない空気感。「自分は誰のものでもない」という感覚を得たいのに、何をするにしても常に大人の責任のもとで生きるという、逃れられない辛さ。

「一般社会」とはそういうものなのだと、あのころの自分は悟った。

そんな社会が大嫌いだった。

そんな社会の一員になんて、なりたくなかった。

そんな社会の秩序を守る意味なんて、わからなかった。

社会の一員になる、なんてことは望んでいないし、勝手に巻き込まないでほしかった。一員になる、なんて考えるだけで気持ちが悪かった。社会の一員という言葉で都合よく囲おうとして、社会の秩序から外れれば途端に排除しようとする人たちを、信用できなかった。

非行は、一員という言葉で囲おうとする社会からわざと外れていくには、最も簡単な方法だった。

自らに問い続ける力を育んでくれたのは、少年院だった。そして、「正解がなくても、答えがわからなくても、何度失敗を繰り返してもわたしは大丈夫」と思えるようになったのは、少年院で自分の意思をもつ大切さに気づき、失敗や試行錯誤を繰り返すことを許してもらえる環境があり、ダメダメな時もわたしを支えてくれる人たちがバトンをつないでくれたから。

少年院を出てから4年が経ち、ようやく、社会の一員として生きることができるようになってきた。

違う人生を歩んできた人の発言に、傷つかなくなってきた。

自分がどう生きたいのかということを、あのころよりも深く考えられるようになった。

——少年院に手紙を出そう。

不意に、そんな衝動に駆られた。自分の中で、一つの区切りがついた気がした。

拝啓・あのころの自分

2018年秋、22歳

午前6時、出勤前。朝ご飯を食べながら自分と向き合う、いつものひととき。

白ご飯に「のりたま」のふりかけ、そして、昨夜の炒め物にケチャップポン酢。いつものメニューを準備しながら、わたしは書きかけの便箋をテーブルの上に広げた。

少年院を去ってからの4年間は、激動の日々だった。

ずっと手紙を書きたいと思っていたけれど、これまでの紆余曲折《うよきょくせつ》や自分の気持ちの変化を振り返るにはエネルギーが足りず、なかなかできなかった。ようやく、心残りだったことに片がつく。そう思うと、こみ上げるものがあった。

朝ご飯を平らげ、何日もかけて書いてきた手紙の最後のメッセージを綴り終えると、大きく息を吐いて筆をおいた。一気に、脱力感が襲ってくる。

最初の4枚は、大切なことを教えてくれた少年院の福田先生へ。あとの2枚は、今現在、自分自身と向き合っている少女たちへ。
――今、自分が感じている「社会」を伝えたい。
７０００字近くのメッセージがびっしり詰まった６枚の便箋を三つに折り、分厚さを指で確かめて封筒に押し込んだ。少女たちに宛てた最後のメッセージは、本当は、あのころの自分に伝えたかったことなんだよな――と思いながら。

……

社会に出ると自分の思うとおりにいかないことがたくさんあります。息苦しいと思うこともあります。もどかしさでいっぱいにもなります。でも私は社会に出るということは人との関わりの中で生きていくってことだと思うので、そんな息苦しさやもどかしさがあって当然だと思っています。そして本当にしんどい時はそんな環境から逃げ出してもいいと思っています。

自分で自分のことを諦めないで下さいね。

みなさん、残りの少年院生活をぜひ頑張ってください。

心から応援しています。

結生

折り合いをつけて生きる

少年院に手紙を送ってから、「更生」という概念について時々考える。

——少年院は更生を目指す施設だったけれど、はたしてわたしは、更生したのだろうか。

その答えは、未だにわからない。更生しましたかとたずねてくる人がいたならば、その人に聞きたい。

「あなたが思う更生って、なんですか」

どんな答えが返ってくるだろう。

更生という言葉自体は嫌いではないけれど、どこか言葉が独り歩きしているような気がしてモヤモヤする。

わたしが思う「更生」は、よりよく生きるということ。落ちてしまったところから豊かな状態に戻ること。

決して罪を犯した人だけのための言葉ではなくて、誰だって、落ちたり上がったりしながら、幸せであることを求めて生きているんじゃないかと思う。

わたし自身でいえば、「よりよく」のイメージにはどんどん近づいている。

まず、自分をもつことができるようになった。人と程よい距離感を保つのが苦手だったけれど、自分をもつことで人との距離感をつかめるようになった。人との距離感をつかむことで、男性との関わり方や職場の人との関わり方が変わってきた。人との関わり方が変わったことで、自分の存在意義が確かなものに変わってきた。

そして、「生きている」という実感が湧いてきた。

みんなが思う「更生」とは何か、よくわからないけれど、支え支えられて人は生きているということを、今は受け止めることができる。

わたしは今、ひとりではない。隣には人がいて、たくさんの人の中で生きている。社会をよくするために、何かできるのであればしたいと思う。社会の一員である自分を、今なら少しだけ認められる。

これまではずっと、「一般論」と「自分」とを切り離して生きてきた。自分には関係のないものとして考えてきたことが、少年院に入ってつながった。自分とは違う価値観、自分とは違う生い立ちの人も、この社会にはたくさんいる。その人たちと一緒に、この社会を生きていかなければならないのだ。

自分の価値観をベースにするのではなく、一般的な考え方をベースに、自分の価値観を交わらせていくことが大事な時もあると知った。

自分自身を俯瞰《ふかん》し続けることで、現実を受け入れていける可能性について考えた。「できるならそうしたい」と思った。そして、自分の行動を決めるのは自分自身であることを学んだ。

快楽を求めたいとか、面倒くさいからやりたくないとか、みんなあるはずだ。ただ、本当に大事なものを突き詰めていった時に、今の自分に何が必要なのか、わかってくるのかもしれない。

どうして薬物は禁じられているのか。どうして法律を守らなければならないのか。それがどうしてもわからなくて、わかりたくて、17歳のわたしは、「少年院に行きたい」と思った。少年院の中で、先生や少女たちと一緒に考えたけれど、出院してもまだ十分にわかっていなかった。それがようやく、少しわかり始めている。

生きるということは、自分と社会に折り合いをつけるということ。100パーセント思い通りに生きている人なんていなくて、みんな、なんだかんだ折り合いをつけながら、幸せに在《あ》るための方法を探している。

大事なものを大事にするために割り切らなければならないものがある。優先順位をつけて、自分にとって本当に大事なものを守るために、何かをあきらめ、何かを捨てて、何かを我慢している。その営みこそが人生であり、みんなきっともがいている。わたしだけじゃない。

わたしにとって、よりよく生きるために大事なことは、「人との距離感」「意識の持ち方」「自分の頭で考えること」。それらを、開放感や快感よりも今は大事にしたい。

「薬物はなぜいけないのか」

正解は見えないけれど、わたしにとっては、大事なことを守るために、むしろその存在は邪魔だということはわかる。薬物と関わることで、わたしが守りたいものを守れないと知ったから、関わらないことを自ら選んだ。

「なぜ法律や秩序を守らなければいけないのか」

法律は、一人ひとりがよりよく生きるためにみんなで作り上げてきたもので、時に自分を守ってくれるもの。荒れていたころは、法律の意味を隅々まで理解して納得しなければ前に進めなかったけれど、今は違う。法律を守ることで、守りたいものを守ることができるのであれば、わたしは法を守って生きていく。

「なぜ、性の仕事をしないと決めたのか」

わたしが前に進むために、今大事な生活を優先させたいから。人生には、いろいろな局面があって、わたしには、前に進むために性産業に就くことが必要な時期もあった。性産業の是非については、今もよくわからない。わかっているのは、今の自分にとっては必要ではなく、性を軸にしないことで、自分が本当に大事なものを守ることができる、ということだけだ。


まだ人生は続く。きっと、さらにいろいろなものが絡まり続ける日々が待っているだろうけれど――。ややこしい人生も悪くない、と思う。

混沌として、混乱して、昔を思い出して心が壊れそうになったり、とてつもない負の感情が襲ってきたりすることもあるだろう。自分に負けることや、弱さが表出することもきっとある。けれど、それらをすべて丸ごと自分自身で受け止めて、受け入れて、わたしは前に進んで行ける。今は、そう思える。

少年院で学んだことが、くっきりと見えてきた。

「いい時もあれば、そうでない時があってもいい。自分の人生は自分のもので、過去は変えられないけれど未来は変えられる」

波瀾万丈の未来を楽しみにしているわたしが、ここにいる。

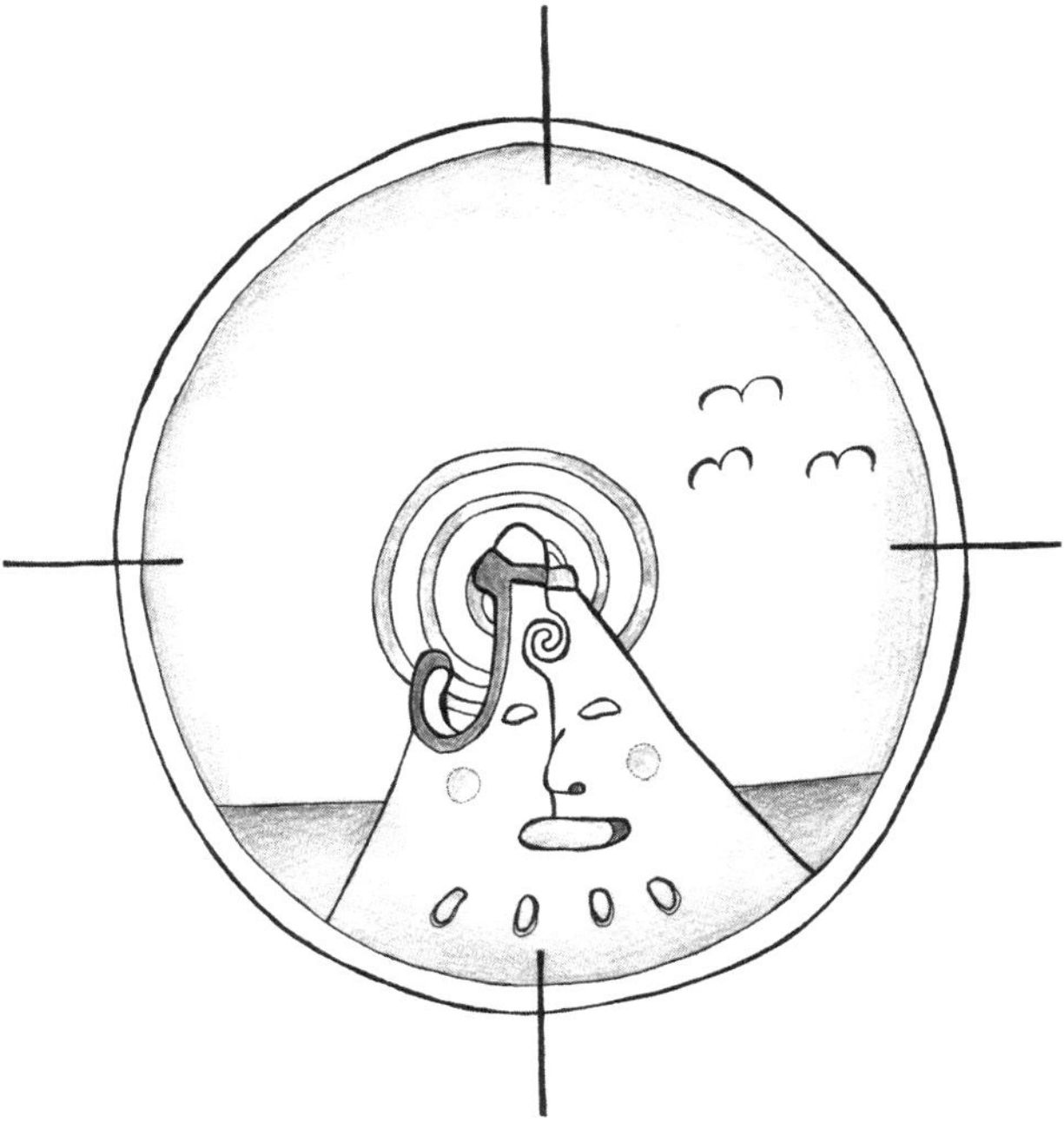

おわりに

小坂綾子

わが家の布団の上に広がっていたのは、なんとも不思議な光景だった。

長女と次女、結生。３人が、川の字に並び、いかにも気持ちよさそうに寝息を立てていた。

結生が京都を去って1年半が経ったころ、「やっと少年院に手紙書いて気持ちが整理できてさ」と、すっきりした様子で連絡をくれた。「休みが取れたから」という理由で慣れ親しんだ地の土を踏んだ彼女は、自分を縛っていた何かがスッと消え失せたような、自然な柔らかさを身にまとっていた。

みんなで近所のスーパーに出かけ、一緒に買い物をして、一緒に包丁を握り、カレーを作る。わが家のそんな日常の中に、結生がいた。


あっち側。

私の生きる世界をそう表現して、ふたりの間に線を引いた結生。

「ホンマは、最初から近くに感じてもいたし、同じ世界で生きたいと思ってた」と、わが家のリビングで朝のコーヒーを飲みながら彼女は打ち明けた。

遠いのに、近い。私が結生に対してもった第一印象も、そんな感じだ。児童虐待、性的虐待、児童養護施設に少年院、薬物、性産業……。それらは自分にとって、取材対象ではあっても、普段生きているプライベートの世界とはかけ離れていた。

彼女と自分の〝日常〟が交わることはありえないと思っていたのだ。けれど、育った環境や属性としては遠いはずの結生を、「近い」と感じる自分がいた。ものすごく遠くにいる人のはずなのに、フィーリングが合い、どこか同じ匂いがする。この裏腹な感覚に、多少の混乱があったのは確かだった。

結生が教えてくれたのは、人間にはいくつもの要素があり、「自分は何者か」を一言で表すことなどできないし、しなくてもいい、ということだった。

結生という人間は、虐待を受けたとか、性的な経験が特異だとか、施設で育ったとか、薬物依存があったとか、少年院出身とか、アーティスティックなセンスをもつとか、自分と向き合おうとしている若者であるとか、学生であるとか、その中の一つだけを取り出して語ることはできない。特異性も普遍性ももち合わせ、それらすべてのものが混ざり合ってできている。

私という人間も同じで、書き手であるのは私の一面で、違った角度から見れば、わが子の言動に一喜一憂し、彼女たちの将来に思いを馳せて悩み考える平凡な働く母。「どうして人は生きるのか」「自分とは何か」という娘たちの難しい問いに唸《うな》りながら、対話を重ねる毎日だ。

そして、仕事にやりがいをもつ夫を全力で応援したいのに家事が苦手で要領の悪い自分に嫌気がさして落ち込み、なんとかうまく家庭運営できないかと頭をひねる妻でもある。

同時に、愛情を注いでくれる親の期待に応えきれず、関係構築を試行錯誤しながら葛藤とともに成長してきた娘である。そして、筋ジストロフィーという進行性の難病で42年の人生を終えた兄と長年一緒に生きた妹でもあり、重度障害者やその家族の苦労を知る一方で、「自分とは何かが大きく違う」人とともに生きる面白さも知っている。

私のアイデンティティは、マイノリティでありマジョリティ。支援する側にも、される側にもなる。生い立ちのすべて、日常の断片のすべてが、私という人間を作っていて、仕事にも人間性が現れる。そしてまた、日々の仕事が暮らしを作り、私という人間を作る。その営みは、ぐるぐる、ぐるぐると自分の中で巡る。

すべてが混ざり合った人間として、自然体で生きる方法はないものか——と、母親になってからぼんやりと考えていたことを鮮明にしてくれたのは、結生の生き様だった。彼女は、自分の中の「部分」を切り分けず、丸ごとで生きようとし、混沌の中にありのまま、身を置こうとしていた。

まるで、私の映し鏡のようだった。


結生が移住してから送ってくれた手紙を時々読み返す。

手紙には、いくつかの謎を解く鍵になった一文がある。


あやちゃんは、あっち側とこっち側を繋いでくれた大人……というよりかは、あっち側もこっち側もどちらの世界も作り出してるのは自分自身ということに気付かせてくれた人、かな。

なぜ結生は、私との間に線を引きつつ「また会いたい」とメールを送ってきたのか。結生のことを「遠いのに近い」と感じたのはなぜか。あっちとこっちを隔てる壁とはなんだったのか――。

「社会から排除されている」と感じる人がいるならば、それは、排除する側とされる側、双方が壁を作り出しているということなのかもしれない、と思えた。

結生はそれからも、思い出したように年に何度か手紙をくれるのだが、その宛名には、私だけではなく娘たちや夫の名前がある。いつも私の家族のことを気にかけてくれて、ハチミツやお菓子を送ってくれる。

そんな結生は、娘たちにとっても不思議な存在のようだ。

「お母さんにとって、ゆうちゃんは親友?」

時々、娘がたずねてくる。

「うーん、いや、親友とは違うかな」

返答に詰まり、言葉を探しながら、結生が京都にいる時に受けた〝依頼〟について考える。

それは、2017年6月、結生が移住を決めて、三条烏丸のスターバックスのテラス席で京都での最後のティータイムを楽しんでいた、蒸し暑い日だった。

結生は、「色のない世界からの脱却」とタイトルのついた色まみれの裸の写真や、お母さんと一緒に撮ったプリクラなんかを見せてくれて、最近はお母さんへの感情が変化してきたんだ、という話をしてくれた。

そして、少しの沈黙があって、私にこう言った。

「ね、あやちゃん。万が一、うちが結婚することになったらさ、結婚式でこれ、やってよ」

片腕を曲げる仕草をし、結生は照れくさそうにはにかんだ。

バージンロードを歩く時のエスコート、である。

こみ上げるものを感じながら「万が一な」と冗談めかして返したあの瞬間、この関係をどう呼ぶかなど、なんでもよいのではないかと思えた。


私と結生はあの時も今も、別の価値観をもって別の日常を生きているし、それぞれに大事なものも違う。だからそこには壁がある、と思えばあるし、ないと思えばない。けれど私たちの間にはおそらく、属性も記号も役割も存在しない。その瞬間の関係性に名前はなく、境界線もない。

出会った時、結生は私との間に薄い壁を立て、私も同じように、結生との間に壁を立てていたかもしれない。けれどその間から、光は漏れていた。

もしかしたら、あると思っていた壁さえ最初からなかったのかもしれないし、あっち側という感覚さえ幻想だったのかもしれない。あっち側にいると思っていたその人は、本当は、出会った瞬間からすぐそばにいたのだ。

この世界には、双方が立てた壁の隙間からほんの一瞬、つながれる細い光が見える、そんな瞬間が、きっといくつも存在する。その瞬間をなんと呼ぼう。

「終わりのないトンネルだと思っていた壁から、光が差し込んでるような」

結生はそう表現する。

「名づけるなら希望かな。うん、希望」

何度も確かめるように、彼女は頷《うなず》いた。

作品について

P039「おうちがわたしの知る世界(すべて)」

流れ出る血と汗と涙と精液と
逃げていいなんて知らない

P089「わたしがいない」

薬物依存、快楽と恐怖、幻覚と幻聴、現実逃避
立てている気になっているが足元はもろい
〝今ここ〟をつかめず虚無感でいっぱい

P143「世界ってこんなに広かったんだ」

仲間がいる喜び、隣人から受ける何気ない優しさ
社会の中で生きているという実感、ワクワク、そして希望
ありたい姿を描けるように

P213「いつでもおいで」

陽気で寛容な原点さんは教えてくれた
「ありのままでいいんです」「問いと向き合うことが大切なんです」
大切なことを見失いそうになった時、またここへ戻ってくればいいんだね

あとがき

この世界には思いがけない出会いがあります。わたしは今回、「本」という新しい〃出会い方〃を知りました。皆さんがどんな場所で、どんな思いで読むのか、想像しながらこの本を作りました。

困難の渦中にいる時、支援してくれる人から施されているように感じて、「どうせわかってくれない」と心を閉じていました。心が大きく開いたのは、一人の新聞記者と「好き」でつながった時。目の前の景色がガラッと変わりました。あなたにも、視界が開ける出会いがいつか訪れるかもしれません。それは、友達のお母さんや、店員さんや、近所の人かもしれない。だから、小さな出会いにも望みを持ち続け、心の窓を少しだけ開けて、誰かとつながったらその糸を自ら断ち切らないでほしいのです。

この本が、皆さんの希望になりますように。

結生

小坂綾子

困ってもＳＯＳを出せない人がいる。なぜ支援があるのに助けを求められないのだろう。結生は言う。「頼る、という選択肢は、自分を迎えてくれる〝社会〟があると思えて初めて生まれる」

社会を作るのは誰か。それは、ただ話を聞いてくれる隣人であり、役割を超えてつながれる人。つまり、あなたとの出会いを待つ人がいるのではないか。「支援」の言葉を超えたところにヒントがあることに、結生は気づかせてくれた。

本書は、４年間のＬＩＮＥ記録と振り返りに加え、結生の「今」の聞き取りを重ねてまとめた。心の奥深くを一緒に言語化していく作業は簡単ではなかったが、常に自己探究を楽しむ結生の姿勢に励まされた。

出会いを作ってくれた京都新聞社、結生を支えた児童養護施設と少年院、カルーナ、はるの家の皆さん、そして執筆を見守ってくれた家族と友人、その他お世話になった方々に深く感謝をしたい。

結生　ゆうき

一九九六年生まれ。生まれてすぐに実父のDVから乳児院に預けられ、児童養護施設で育つ。一時的に実母と継父と暮らすが虐待を受け再び施設へ。度重なる非行から少年院に入り、出院後は服飾の専門学校に進学。その後教育系、福祉系NPO勤務などを経て現在はアパレル会社で働く。

小坂綾子　こさか・あやこ

一九七四年、京都府生まれ。新聞社勤務を経て、二〇一七年からフリーライターとして活動。教育、文化、社会福祉などをテーマに取材し、新聞や雑誌、ウェブメディアで執筆する。

あっち側《がわ》の彼女《かのじょ》、こっち側《がわ》の私《わたし》
―― 性的虐待《せいてきぎゃくたい》、非行《ひこう》、薬物《やくぶつ》、そして少年院《しょうねんいん》をへて

2020年10月30日　第1刷発行

著　者　結生、小坂綾子

発行者　三宮博信
発行所　朝日新聞出版
〒104-8011 東京都中央区築地5-3-2
電話　03-5541-8832（編集）　03-5540-7793（販売）
印刷所　広研印刷株式会社

Published in Japan by Asahi Shimbun Publications Inc.
ISBN 978-4-02-251720-3

定価はカバーに表示してあります。
落丁・乱丁の場合は弊社業務部（電話03-5540-7800）へご連絡ください。
送料弊社負担にてお取り替えいたします。